ショコラノベルス

闇桜

春原いずみ

JN227770

CHOCOLAT NOVELS

頭の芯が鈍くしびれるような感覚を味わいながら、史は花の香りを抱きしめ、花の香りに抱きしめられて、口づけの呪に囚われる。

イラスト／森口ユリヤ

闇桜

春原いずみ

闇桜

プロローグ

ずいぶん子供の頃だったと思うが、怖いほど美しい桜を見たことがある。

時は真夜中。

今から思えば、ものごころつくかつかないかの子供が、そんな真夜中に外を歩いているわけもないのだから、きっとそれほど遅い時刻ではなかったのだろう。しかし、その頃の自分にとって、それは充分に真夜中と感じられる時刻だった。手を繋いで歩いていたのは、いったい誰だったのか。今となっては、それさえ思い出せない。ただ、眠い目をこすりながら、ずいぶんと長い距離を歩いたような記憶がある。いい加減くたびれて、どこまで歩くのか聞こうと顔を上げた先に、それはあった。

「……っ」

息の止まってしまう瞬間というものが確かにあるのだと、その時初めて知った。

漆黒の闇の中、そこだけが輝いていた。まるでスポットライトをあてたように、そこだけが白く輝いていた。

「花……」

低く高く、壮麗に枝を広げた大きな大きな桜の樹。溢れそうなほどに咲き誇る花は、折からの微かな風にさえ花びらを散らし、ほろほろと舞い踊る。ひとひら……またひとひら。手を伸ばせば届くところで花は散っているのに、不思議とその花びらが指先に触れることはない。するりするりと……まるで夢のように小さな指をくぐり抜ける。

「花……っ！」

小さな子供は我慢を知らない。花の風情を愛でることも知らない。ひらりと逃げる花びらにじれて、思わず駆け出していた。制止する手を振りきり、大きな木に向かって駆け寄る。

「……っ！」

どっしりとした木の幹に手が触れようとした瞬間、それは起こった。

「あ……っ」

桜の樹の周囲だけに風が巻いたのだ。耳元を切る風のうなりと共に、一気に花びらが降り注ぐ。目の前が真っ白になるほどの花嵐。息もならない激しい風。螺旋に花びらが巻き上がり、小さな身体をすっぽりと包み込んでしまう。

風……風。白い花びらを巻いた風。闇に舞い散る無数の桜花。たおやかに妖しく、降り敷く花の嵐。散っても散っても、満開の花は少しも色褪せない。誇らかに咲き乱れ、高く哄笑《こうしょう》するように。

そのあとのことはよく覚えていない。

ただ……それ以来、僕は桜が嫌いになった。
いや……桜が怖くなったのだ。
闇の中、ほの白く咲き誇る満開の桜が。

ACT 1

国立大学の医学部というと、そのイメージは「金持ち」「最新鋭」「白い巨塔」（これだけはあながちでたらめではないかもしれない）などという言葉に集約されるだろう。実際、研究費がほとんど無制限におりるような教室もないことはない。しかし、それはごくごく一部。一握りどころか、ひとつまみ程度の話だ。医学部のほとんどの教室は、薄暗く狭苦しい研究室にぎっしりと教室員が詰め込まれ、そこからあぶれると図書室の机を私物化する。かように、日本の最先端医療は、ほとんどタコ部屋並の環境から生まれ出るのである。

さて、その研究室は、木造でないのが不思議なくらい古びた医学部の建物の中でも、もっとも端っこのもっとも日が当たらないところに位置していた。その別名を「幽霊屋敷」と言う。


「だから、どうしてこれが自殺と断定できるんです?」

「おまえ、よーく、剖検時の写真見たか?」

「見てわかんないから言ってんですよ。自殺で、こんなにずっぱり自分の顎の下切れますか?」

「得物にもよるだろうが」

「そりゃ……鋭利なものだったら、それほど力はいらないかもしれませんけど……」

「得物は新品ぴっかぴかの剃刀《かみそり》だ。触っただけで切れちまいそうなやつ」

「それにしても……っ」

窓の外は、浅い春ののどかな昼下がりである。といっても、ろくに日の当たらない室内は、外の柔らかな陽射しとは関係なく、しっかり明かりをつけておかないと、その辺に積み上げてある物騒な写真や文献集につまずくことなく歩くこともできないのだが。

「……おまえ、ためらい傷って言葉、知ってる?」

少し傾いたテーブルに肘をつき、意志の強そうなしっかりとした顎を手のひらで支えた男が、微かに目を細めた。彫りの深いくっきりとした顔立ちは、どちらかといえば南方系だ。一般的なハンサムというには、ややあくの強い容姿だが、相手を圧倒するような強い瞳の輝きや響きのよい低めの声、座っていても知れる体格のよさなどは、充分に魅力的である。これで、話している内容が物騒でさえなければだ。

「ためらい……傷……?」

彼の前に座っている、今年入ったばかりの教室員である片岡《かたおか》が首を傾げている。

「明田《あけた》さん?」

「あのなぁ……」

明田　貢《みつぐ》は両手に顔を埋めて、深く深くため息をついた。

「……こういうこと言う奴が法医学教室に入ってくるんだからな……」

「誰もが君みたいなマニアじゃないんだよ」

クスクス笑いながら声をかけてきたのは、この教室の助教授である小暮《こぐれ》だ。

「君、ここに入ってきた時からこうだったもんね。場合によっちゃ僕より詳しいこともある」

「……それは言い過ぎですよ」

貢は苦笑する。

彼と小暮では、学者としてのキャリアが十年近く違う。経験がものをいうこの世界では、ひよこと親鳥以上の差だ。

基本的に医学は生きたものを対象とするのだが、そうした医学の一分野として、この研究室が専門としている法医学は特殊だ。なぜなら、その研究対象がすでに死亡してしまったものだからである。遺体や現場を調べて、死因や死亡時刻、他殺か自殺か病死か……そうした鑑定を行う法医学は科学の一分野であるが、他の科学と根本的に違う点がある。それは、実験が許されないことである。つまり現場を多く踏んで、経験を積んでいくしかないのだ。法〝医学〟という以上、小暮も貢も片岡もちゃんと医師免許を持った医者なのだが、未だかつて生きた人間を診察したことはない。

「で、ためらい傷に話を戻すけど」

貢は小さく咳払いをした。

「剖検の時の写真、持ってこいよ」

「はい」

片岡が立ち上がり、資料棚に埋もれたファイルを器用に引っぱり出してくる。法医学教室四年ぶりの教室員は、法医学の知識はまだ頼りないが、捜し物をさせたら天下一品である。どんなに奥に入り込んだ資料も、片岡の目をくぐることはできない。この勘のよさがいつか研究に役立つ日が来ると、貢は思っているのだが。

「ええと……これだ」

ぱらぱらとめくったクリアファイルには、ホラー映画顔負けの写真がずらりと並んでいる。映画と違うのは、それが作り物ではなく、すべてが本物ということである。

「ここ……わかるか?」

貢が指さしているのは、人間の横顔を相当なアップで撮ったものである。顎の下には、見事に口を開いた……生々しい切創。

「だから……傷……」

「拡大鏡持ってこい」

片岡はまたすらりと拡大鏡を探し出す。それも、とんでもないところの引き出しをするりと開け、大して引っかき回しもせずにだ。

「おまえ……なんか怪しい力持ってないか？」

「はい？」

片岡は怪訝な顔をしながら振り向き、拡大鏡を差し出した。

「何がですか？」

「……いや、なんでもない」

貢はゆっくりと首を振ると、写真の上に拡大鏡をかざした。一部が大きくズームアップされてしまうと、逆に生々しさは消え、写真は単なる”もの“と化す。科学というものは、確かにそういう側面を持っているのだ。

「これだ」

貢の指が大きく口を開けた傷の際《きわ》をすうっと撫でた。

「え……」

片岡が眼鏡のフレームを持ち上げながら、貢の指の先を見る。そこには、よくよく目をこらさなければわからないほど微細な傷が何本か走っていた。切り傷というよりは、むしろひっかき傷のようなものだ。おそらく致命傷となったに違いない大きな傷と平行に、それらの傷は走っている。

「これがためらい傷だ」

拡大鏡を外して、貢は椅子に座り直した。

「ためらい傷が見られるのは、致命傷の周囲だ。こんなふうに、表皮のみにとどまる浅い線状の皮膚損傷として見られる」

「どのくらい切ったら痛いのか、どのくらい切ったら死ねるのか……そんなのやってみなきゃわからないからね。そんなことから、ためらい傷ってのはできるのかな。自殺を成就した人間に聞くわけにもいかないから、なんともコメントのしようはないけど、とにかく、このためらい傷っていうのは、ことに頸部切創の場合、自殺と他殺の鑑別の上でかなり重要なファクターとなるね」

小暮が相変わらずおっとりとした口調で、緊張感のかけらもなく言う。

「ついでに言うなら、同じ頸部の切創でも、はっきり他殺と断定できるファクターがやっぱりあるんだよ」

小暮はそう言うと、ぱらりとファイルをめくった。

「ええと……ここだ」

「は？」

片岡がのぞき込む。そこにあったのは、話題となっている首の傷ではなく、なぜか手と腕の写真だ。手のひらや前腕の部分に、幾筋もの切り傷がある。

「これ……は？」

「防御創《ぼうぎょ》」

貢が頬杖をついたまま、ぼそりと言った。

「刃物を持って向かってくる相手に対して、被害者が抵抗した際にできるものだ。手のひらにできたのが、刃物を握った時にできたもの。前腕にあるのが、刃物を避けようとした時のものだ」

「ああ……なるほど……」

片岡がこくこくとうなずいた時、研究室の電話が鳴った。立ち上がりかけた貢を制して、小暮が受話器を取る。

「はい、法医学……」

視線がちらりと動く。

「はい……はい……男性……三十代から……五十代……死因は……？」

貢も片岡も、小暮の声に耳をこらす。

「……わかりました。お待ちしています」

電話を切り、小暮は妙に穏やかな笑みを浮かべる。

「今の話が実地体験できそうだよ」

「え……じゃあ」

「被害者は三十代から五十代の男性。死因は頸部切創からの出血多量による失血死」

そして。

「両手に防御創ばっちりだそうだよ」


司法解剖がすべて終了したのは、午後八時を回った頃だった。

「ありがとうございました」

小暮の書いた死体検案書を受け取って、警官が帰っていく。

「相変わらず、史《ふひと》さんの見立ては確かだね」

まだ青い術衣の上に白衣を羽織ったままの姿で煙草に火をつけながら、小暮が言った。

「死因、死亡推定時刻、他殺の鑑別……見事なもんだね」

「……ありがとうございます」

同じ姿で助手を務めていた貢が照れ笑いをしながら、こりこりとこめかみを掻いた。

「社交辞令じゃないと嬉しいんですが」

「そういうめんどくさいことに、エネルギーは使わないことにしているから」

小暮はさらりと言った。

明田貢の兄、史は警察の検死官である。豊富な経験を必要とする検死官としては異例といっていい若さだが、医学部の法医学教室出身という、これも異例の経歴がそれを可能にしている。警察キャリアがここまで現場に関わる例もまた珍しいだろう。この変わり者の兄に引きずられて、貢は法医学の道へ足を踏み入れたとも言える。

「もうこんな時間か……遅くなったね」

小暮はくわえ煙草のまま、すっと立ち上がった。

「じゃ、お先に。戸締まり気をつけて」

「はい。お疲れさまでした」

少し足を引きずるような小暮の足音が廊下を遠ざかり、タイル張りの解剖室周辺は、しんと静まり返る。

「明田さん、こっち終わりました」

ふいに響く声に、思わず腕の産毛が逆立つ。この道に入ってから十年に満たない貢は、まだまだ夜の解剖室に漂う独特の雰囲気に慣れることができないでいる。

「明田さん？」

デッキブラシを手にした片岡が怪訝そうな顔で、こちらを眺めている。貢はぷるぷると首を振った。

「……なんでもない。じゃ、そろそろ引き上げるか」

解剖に立ち会った他の関係者は、皆すでに姿を消している。残っているのは、後かたづけをしていた貢と片岡だけだ。

「明田さん、俺、車ですから、送りますよ」

片岡が厚手のゴム手袋と、ビニール製の長いエプロンを外しながら言った。解剖のときは、血液や体液を洗い流すために、常に水道は出しっぱなしとなる。よって、解剖に立ち会う全員の足下はゴム長だ。まだまだ浅い春の夜の姿としては、いささか薄ら寒い。

「え？　おまえ、車なんか持ってたか？」

きょとんと言った貢に、片岡はにんまり笑う。

「姉貴のです。二週間ばかり海外に行ってるんで、その隙に」

「……それって、ぶつけたり擦ったりするとやばいんじゃないのか？」

ちらりと目を上げた貢に、片岡はへへっと舌を出す。

「だから、ぶつけたり擦ったりしなきゃいいんですって」

「……そういう問題じゃない気もするが」

「まったく……」

片岡が少し不機嫌に口をとがらせた。

「乗るんですか、乗らないんですか」

大学から貢の自宅まではバスで二十分というところだが、ラッシュもとっくに過ぎたこの時間では、運が悪いと三十分以上もバスを待ち続けることになる。貢は羽織っていた白衣をばさりと脱いだ。着替えるためだ。本人はすでに麻痺していて気づかないが、白衣にも身体にも標本固定用のホルマリンの匂いが染みついてしまっている。本当ならシャワーを浴びてから帰りたいところなのだが、少しへそが曲がりかけた片岡をなだめるためには、とっとと着替えて支度してしまうに限る。待たせたらろくなことにならないはずだ。

「乗りますっ、乗りますっ。乗せてくださいっ」

貢はぴっと右手の指をこめかみの横に揃えてから、大慌てで更衣室に駆け込んだ。


「明田さんの家って、駅の向こう側でしたっけ?」

「そ。ずっと駅裏の並木道行って、大きな電気屋の向かいにコンビニあるだろ? あそこを左に入る」

片岡の乗ってきた車は、濃紺の小型車だった。ついているエンブレムは国産車のものではないが、立派な右ハンドルである。

「へぇ……見た目より中は広いんだな」

「この前、高速の料金所で軽に間違えられたって、姉貴憤慨してましたよ」

片岡が笑いながら言った。

「サイズからいうと、国産車のリッターカーくらいのもんですね。それに１６００のエンジン積んでますから、加速はオートマにあるまじきよさです」

「ふーん……」

「明田さんは、お兄さんと二人暮らしでしたっけ？」

「よく知ってんな」

助手席にゆったりと伸びて、貢は上機嫌である。１８０センチを少し越える長身でもそれほど窮屈に思わないあたりが、やはり外車という感じだ。

「兄弟二人して物騒な仕事してるんで、うちから放り出された」

「はぁ!?」

「というのは冗談だがな」

貢はあははと笑う。

「二人とも時間が不規則ってのは、ほんとだからな。深夜でも早朝でも、呼びつけられる生活だろ？　本人より家族がまいっちまう。だから、諸悪の根元である二人が家を出たってわけだ」

「はぁ……」

信号が赤に変わった。片岡はブレーキを踏みながら、ぼそりと言う。

「やっぱり……時間は規則的な方がいいですよね……」

「はぁ?」

柔らかくにじむ街灯に照らされながら、ぼんやりと窓の外を眺めていた貢は、間抜けな声を出した。

「おまえ、何言ってんの?」

「いえ、だから」

信号が青になった。片岡はこほこほとわけもなく咳き込んでいる。

〝何やってんだ、こいつ……〟

「……やっぱり、女性は9 to 5の男の方がいいのかなぁなんて……」

「はぁん……」

貢はにやにやと振り返る。片岡は首まで真っ赤だ。

「なるほどねぇ……」

「な、何がなるほどなんですか……っ」

「いーや、別に」

「あ、明田さんの、は、早とちりは、こ、小暮先生も……っ」

「ゆでだこみたいな顔しながら、何言ってんだか」

両手を胸の前に組んで、相変わらず貢は口元をゆるめている。

「そうかそうか。片岡君にも春が……てぇっ!」

からかい口調で言った時、いきなり車がノッキングしつつ止まった。

「こぉら、片岡っ。そんな運転じゃ彼女も……っ」

「すいませんっ、明田さんっ」

「あ?」

車は路肩に急停車していた。

「急にすいませんっ」

「い、いや別に……」

「降りてもらえますかっ」

「あ……ああっ!?」

貢はがばっと身体を起こした。

「降りてって……おまえ……っ」

「すいませんっ」

ぐいと運転席から身体を伸ばした片岡がドアを開ける。

「すいませんっ、絶対埋め合わせしますからっ」

こういう時、長身の貢は損をする。ドアを開けられただけで、身体が外に出かかってしまうのだ。もともとちょっと折り畳んだ形で車に乗っているせいだ。路上に降り立つのを確認するが早いか、車は弾かれたように飛び出す。と、ほんの五十メートルほど先でまた止まった。

「？」

助手席側のドアが開く。

〝蹴り落としたくせに、また乗れってか？〟

首を傾げながら歩き出した時、その片岡の車にするりと乗った女性がいた。

「あ……っ」

貢にも見覚えのある病理学教室の院生だ。

「はぁん……」

これで読めた。

片岡は車を運転しながら、偶然あの院生を見つけたのだ。状況からいって、約束をしていたとは思えない。本当に偶然だったのだろう。所属教室の先輩であり、またいずれ指導医になるであろう貢を蹴り落としてでも、その彼女を車に乗せたということは、彼女は恋人というより、片岡の片思いの相手、もしくはつき合いだしたばかりくらいの関係のはずだ。なぜなら、すべてを知り合っている恋人であれば、貢が車に同乗していても何も差し支えはないはずだからだ。貢を送るべきところに送り、それから彼女を送ればいいのである。一番親しい間柄である恋人なら、そのくらいの遠回りは許してくれるはずである。しかし、それをしなかった、できなかった片岡は、彼女に対して、まだそこまでの安心感を抱いていないということになる。すなわち、まだ恋人ではないと、貢は踏んだのである。

「まったく……」

そこまで一瞬で分析して、彼は大きくのびをし、あくびをした。

分析癖は科学者の身に染みついた業のようなものだが、貢はまた特別である。分析というより、彼のそれはむしろ推理に近い。事実をあっちこっちひねくり回して、とんでもない解決に導いていくのが、たまらなくおもしろいのだ。極端なリアリストである小暮からは、いつもジョークのネタにされるこの癖だが、身についてしまったものだ。なかなか改められるものではない。

「仕方ないな……」

大学からほんの五分ばかり走ったところだから、ここから歩いて自宅に帰るとなると、かなり距離はありそうだが、雨が降っているわけでも寒いわけでもない。散歩がてら帰るのも悪くはないだろう。貢は両手をズボンのポケットに入れて歩き出したのだが。

「……おい」

彼は再び立ち止まった。ゆっくりと周囲を見回す。

「ここ……」

少し薄暗い路地だった。車が二台すれ違うのがぎりぎりの路地だ。街灯もぽつりぽつりと灯り、空気が冷たいわけでもないのに、なぜか寒々とした感じがする。町名表示を見ても、なんとなくぴんとこない。貢は小さく舌を鳴らし、こりこりとこめかみを掻いた。

唐突に思い出してしまったのだが……貢には、方向感覚というものがほとんど備わっていない。方向感覚というよりももっと基本的なことかもしれないのだが、彼には〝右・左〟という感覚が見事に欠落しているのだ。

「参ったな……こりゃ……」

貢はいわゆる両手利きである。たぶんもともと左利きなのだろうが、それを矯正しているうちに、両手の機能がほぼ同じになってしまったのだ。文字を書くのも鋏を使うのも、左右どちらとも自由自在である。それがために「お箸を持つ方」「お茶碗を持つ方」で教えられた「右と左」の感覚が、幼い彼の中で混乱しまくってしまったのだ。大人になった今でも、冷静に考えればちゃんと判断できるのだが、とっさに「右」「左」と言われても対応できないことが多い。反射的に反対に行ってしまうことも多々ある。そんなこともあって、三回ほど取りに行こうと決心した車の免許もすべて挫折してしまった。

「さぁて……」

ちらりとのぞいた時計は八時半。おそらく兄はまだ帰っていないだろう。大の男が「道に迷いました」と携帯に入れるのも、なんとなく情けない。かといって、タクシーを呼ぶのももったいない気がするし、第一なんと言って呼んだらいいのかも、今ひとつわからない。ランドマークがなくても、住所だけで呼べるものなのだろうか。

「あーっ、もうっ」

すとんと肩を落とし、貢は再び周囲を見回した。兄は十時を回れば、ほぼ確実に帰宅するはずだ。それまで時間をつぶしていればいい。

「ん？」

くるりと振り向いたそこに、マホガニーめいたドアがあった。うまく闇に溶け込んでしまっていたのか、今の今まで壁だと思っていたところだ。ドアには小さな金のプレート。よくよく近づいて見ないとそこに刻まれている文字が読みとれないほどだ。

「裏……窓……？」

埃にまみれることもなく、くっきりと刻まれていたのは、たった二文字。それが、この店の名前だった。

「いらっしゃいませ」

ドアは意外なくらい軽い力で開いた。軋み音ひとつたてることなく、すうっと力が吸い込まれていく感じだ。

外から来た目をすがめずにすむ程度に、店の中は明かりが落とされていた。しっとりと優しい淡い明かりだ。決して広い空間ではないのだが、ゆったりと見えるのは、ボックス席を設けていないせいだろう。店はカウンターバーの形をとっていた。そして、本来であればボックスのいくつかは置けそうな空間には、小振りな感じのグランドピアノが置かれている。

「ドライマティィニをください」

「かしこまりました」

ピアノを振り向きながら、貢は止まり木に腰を落ち着ける。ピアニストの姿は見えないのに、なぜかピアノの蓋は開いていた。ふんわりと淡いスポットの中に浮かび上がるピアノは、まるでたおやかな美女のようだ。

ドアと同じマホガニーのカウンター。席は十あまりだろうか。半分ほどが埋まり、静かな話し声と低くたゆたう煙草の煙。つられたように、貢も煙草を取り出す。いつも剖検のあとは必ず一服するのに、今日はなぜか忘れていた。

カウンターの中で、微かなきらめきが見える。ミキシンググラスの中で、音もたてずに回るバースプーンがこぼすものだろう。まだ若いバーテンダーの指先は、ほっそりとしていて美しい。関節や爪の感じは間違いなく男なのだが、指が長く、手入れのよい滑らかな手をしている。見事な手さばきでカクテルを作り、グラスに注いでいく。透き通ったカクテルグラスが、淡い琥珀色のカクテルを注がれた瞬間にすうっと露を含んでいくのがわかった。

「お待たせいたしました」

すっとレモンピールを絞りかけ、グラスが差し出される。

「ありがとう……」

グラスを引き寄せながら、何気なく顔を上げた貢は、その瞬間動けなくなっていた。

〝え……っ〟

ショートカクテルは、できる限り早く飲み干さなければならない。頭ではちゃんとわかっているのだが、身体が動いてくれない。

「……どうかなさいましたか？」

淡い間接照明に顔をさらしたバーテンダーが、静かな声で聞いてくるのに、貢は何も答えられないまま、ゆっくりと首を振った。少し震える指で華奢なグラスを取り、そのひんやりとした肌にそっと唇を触れさせる。すばやく、しかし充分にステアされたカクテルは、頭の芯がきんとするほどよく冷えていて、ドライだった。

「これは……」

貢はようやく言葉を絞り出した。

「……どういうレシピですか？」

麻のティータオルでグラスを磨いていたバーテンダーが、すうっと顔を上げた。

「少しドライでしたか？」

相変わらず静かな声だ。貢は黙ってうなずく。そして、彼の言葉の続きを待つ。

「そうですね……ジンの割合が多いですから、他のお店のものより、かなりドライな感じがするかもしれません。お気に召しませんでしたでしょうか？」

「いえ、そうではなくて」

貢は慌てて首を振る。

「こんなに……おいしいマティニは飲んだことがありません。なんて言うかな……霧とか雪とか……そんなかけらを口に含んだみたいだ」

「……詩的な表現をなさいますね」

指紋ひとつなくきれいに磨き上げたグラスを、これもまた見事な手さばきで並べながら、バーテンダーは微笑んだ。男に対する表現ではないのかもしれないが、ふうっと閉じていた蕾が花開いていく……そんな趣のある表情の変化だった。鮮やかで、いっそ艶やかと言ってしまいたいほどの。

「ご自分の言葉で誉めてくださるのが、バーテンダーは何より嬉しいのですよ」

そして彼の声は、絹のように滑らかなテノールだ。

「ありがとうございます」

「い、いえ……」

思わず、貢はうつむいてしまう。

〝何やってんだ、俺……〟

美醜に関わらず、人の顔には二種類あると思う。いつまでもじっと見つめていたくなる顔と、思わず目をそらしてしまう顔だ。目の前のバーテンダーは、まさにその後者だった。

高めの天井にはいくつかライトが取りつけられ、それらは直接ではなく、一度マホガニー色の壁に当たってから、柔らかな明かりを降りこぼしていた。そのしっとりとした明かりの中に佇むバーテンダーの顔は、まるでビスクドールのような滑らかな白さを持っている。肩を少し越える髪はうなじのところで、ごく細いベルベットのリボンでまとめられていた。鋭いナイフで彫り上げたような深い二重瞼。その奥には、明かりの加減なのかブルーグレイに見えるほど淡い色の瞳がある。ウイングカラーの白いシャツの肩にさらりとかかる髪は艶やかな黒髪であるのに、どうしてこんなに瞳の色が淡いのだろう。遠い昔にでも、日本人のものではない血が混じっているのだろうか。すっきりと細く通った鼻筋に、酷薄なほど薄い唇。男の顔というには、あまりにたおやかに整いすぎ、女の顔というには、あまりに冷たい手触りがする。バーテンダーの美貌は、じっと見つめていると引きずり込まれそうな、そんな危うさを秘めた類の美しさだった。

〝……取り込まれそうだな……〟

マティニのようなショートカクテルは、あっという間に喉の奥へと消えてしまう。貢はすうっとグラスを滑らせながら、小さく喉を鳴らした。

「……マティニをもう一杯」

「かしこまりました」

きらめくミキシンググラス。バースプーンの回転は、眺めているうちにどこか別の世界に連れていかれそうな、そんなひとつの小宇宙を持っている。

〝ここは……どこなんだろう〟

バーにつきもののBGMは、ここにはない。あるのは、微かにグラスの触れ合う音と低い話し声、そして、ジッポの蓋が戻る音。

「……お待たせいたしました」

再び目の前に滑ってくるグラス。今度は先ほどのクリスタルのものではなく、メタリックな輝きのグラスだった。

「これ……は？」

華奢なステムの部分を取っても、その冷たさは指に伝わってくる。

「銀でできているのですよ」

美貌のバーテンダーは、相変わらず静かな声で言う。

「熱伝導の関係で、クリスタルよりこちらの方が冷えやすいので」

「ああ……そうですね」

貢はうなずきながら、二杯目のマティニもすうっと喉に送り込んだ。

「あの……ピアノは？」

すっと流した貢の視線の先を追い、バーテンダーはふっと薄い唇で微笑んだ。

「……そのうちわかりますよ」


時計はもうじき十時を回ろうとしていた。貢が外して、カウンターの上に置いておいた腕時計の針が告げる時刻だ。

〝兄貴、帰ってきたかな……〟

ジャケットの内ポケットに入っている携帯電話を探りながら、貢が腰を上げようとした時、カウンターの中にいたバーテンダーがすうっと先に動いた。

〝え？〟

同じカウンターに座っていた数人の客がぱらぱらと拍手する。

「鏡宮《かがみや》さん、今日は少し早いね」

「何かいいことでもあった？」

客の軽口を、どきりとするほど艶やかな視線で遮って、彼はピアノに近づいた。

〝この人が……弾くのか？〟

歩きながらシャツのカフスを外して、二、三度折り上げる。

カウンターの中で見ているより、彼は華奢な感じがした。しわひとつない白いシャツの中で身体が泳いでいるような感じがするせいだろうか。それとも、ブラックのトラウザースの腰が細いせいだろうか。

「ピアノ……弾くんだ……」

思わずぼそりとつぶやいた貢に、ひとつおいた席にいた客が振り向いた。おとなしげな顔立ちの青年だ。何か言いたげに口元を動かしたが、そのまますうっと前を向いてしまう。

〝ん？〟

少し貢が視線を外しているうちに、彼はピアノの前に座っていた。ごく浅く椅子にかけ、両手をキーの上にのせる。キーも指先も滑らかな象牙色だ。インターバルもなく、少しひずみ気味の音が流れ出した。

「サティ？」

ちょっとラグタイム風にアレンジされてはいるが、こぼれ出したしゃれたメロディは、エリック・サティの「ジュ・トゥ・ヴ」。ジャズっぽいアレンジのメロディラインが、クリアになりきれない渋いピアノの音に馴染む。

〝へぇ……〟

微笑むでなく、投げやりでもなく、また媚びるでなく。彼は淡々とピアノを弾く。魔法のようにカクテルを生み出した指先は、今軽やかなメロディを紡ぎ出している。

客たちはそれぞれ指先でリズムをとったり、恋人と肩を寄せ合ったりしながらも、その視線はピアノを弾く彼から離れない。

〝カリスマ……〟

ふと、そんな言葉が頭をよぎった。そこにいるだけで人の視線を、心を惹きつけてしまう……そんな人間が確かにいるのだ。

「裏……窓……」

昔、そんなタイトルの映画があった。幸せの絶頂に駆けのぼり、やがて非業の最期をとげる……劇的な運命をたどった美しい女優が出ていた。憂いに満ちた瞳で。

貢はふらつく足を踏みしめながら、ゆっくりと立ち上がった。酔っているのは……酒にではない。

これくらいのアルコールで酔うほど、修行が足りないとは思っていない。

〝酔っているのは〟

身体ではない。

〝酔っているのは……〟

きっと、心だ。

ACT 2

「はよーっす」

少し蹴飛ばし気味にしてやらないと開かないドアは、法医学教室のトレードマークだ。何回か直そうという話もあったのだが、けちくさい大学側の予算と面倒くさがりの教授の性格により、そのままになっている。

「よ」

あくびをしながら貢が入っていくと、窓のそばでコーヒーを飲んでいた小暮が軽く手を上げた。

「昨夜はお疲れ」

「先生こそ。眠くありません?」

「君ほど不摂生してないからね」

小暮はくすくす笑いながら、貢の分もコーヒーをいれてくれる。研究室に漂う香ばしい香りは、小暮が個人で持ち込んでいるマンデリンのものだ。彼の機嫌のよい時だけに振る舞われるものである。

「先生、何かいい知らせですか?」

ありがたくお相伴にあずかりながら言う貢に、彼はクスリと小さく笑った。

「兄上から聞いてないのかな?」

「勤勉な検死官殿は、俺が起きるより早く、さっさと出勤していきました」

「それはそれは」

小暮は手を伸ばすと、研究室内に引いてある警察電話のそばからメモを一枚ちぎりとった。

「昨夜の剖検の事件、犯人捕まったよ」

「えっ、ホントですか?」

思わず振り向いて壁にかかった時計を見てしまう。朝の九時過ぎ……昼夜の別なく過ごしている研究者からすれば、早朝もいいところだ。

「えっと、死亡推定時刻が……」

「午後三時から午後四時。犯人逮捕は今朝未明。スピード逮捕だね」

なるほど、小暮の機嫌がいいわけだ。

物言わぬ人体を相手にする学問を専攻していると、ついつい感情や心を置き去りにしてしまいがちになる。いかに効率よく、いかにすばやく……そこにばかり視線が行きがちになってしまう。法医学は、現代社会に必要不可欠でありながら、日の当たりにくい地味なジャンルである。それゆえ、常に教室は人員不足の憂き目を見、仕事はオーバーワークとなる。行政解剖を含め、一日に五件の剖検をこなしたことさえある。いいことなど一つもないのだ。それでも、ここにいるのは……たぶん、こんなふうに自分たちの仕事が報われる確かな瞬間が与えられるからなのだろう。

「残念だったね」

ぼうっとしている貢の顔をのぞき込みながら、小暮が言う。

「お得意の推理が出る幕なくて」

「先生」

貢はカップの縁越しに、じろりと恩師の顔を見た。

「嫌みですか？」

「からかってるだけ」

窓の外は、こんな薄暗い研究室にいるのが惜しいほどの晴天だ。医学部の中でも端の端に追いやられ、どうにも冴えないところだが、たった一つ、春先にだけ与えられる幸せが、この法医学教室にはあった。

「桜……もうじきですかねぇ」

「うーん……ここのは御室《おむろ》桜だからねぇ。遅咲きでしょ？　まだまだじゃないの？」

「はぁ……」

法医学教室の窓のすぐそばにあるのは、やや丈の低い桜の木だった。縦に伸びるよりも、横に地を這うという感じの枝振りで、一般的な吉野桜とは少々趣を異にする。京都は仁和寺のものが有名な"御室桜"の一株である。

「おはようございまーすっ」

貢と小暮が神妙に窓の外を眺めているところに、ドアを蹴飛ばす音がした。

「あっ、てめぇっ！」

「うわっ」

入ってきたのは、片岡だった。妙に朝からテンションが高いところを見ると、昨夜はそれなりの成果があったらしい。

「おまえ、昨日はよくも……っ」

「わわっ、ブレイクブレイクっ」

「何がブレイクだ、この馬鹿っ」

朝っぱらから元気につかみ合いを始める二人を、小暮が呆れた顔で眺めている。

「……昨日がどうかしたの？」

「そうなんですよっ」

片岡の首根っこを押さえたまま、貢はここぞとばかりに声を高くした。

「この馬鹿は、こともあろうに先輩たる俺を寒空の下に放り出しやがったんですよっ」

「あ、明田さんっ」

「自分からお送りしますと言いながらの暴挙ですよっ。許せますかっ」

「だから、あれは……っ」

「しかもっ、その理由が女ですよ、女っ。俺なんか、この教室に入った時からあきらめてんのに……」

「別にあきらめることはないと思うけど」

小暮が鼻白んだように言った。

「いいじゃない、別に。それに昨日は寒空ってほどじゃなかったし」

「だから、そういう問題じゃなくて……っ」

「あ、明田さん……く、苦しい……」

「あ……っ」

ふいに貢が手を離した。片岡がごほごほ咳き込みながら、その手の届かない範囲に避難する。

「先生、大学の近辺で飲んだことって……」

唐突に言い出した貢に、小暮は口元を少しゆがめながら、うなずいた。

「あるに決まってる。それほど回数は多くないけどね」

「ショットバー……ううん、あれはカクテルバーだな……そういうところは？」

「ないことはないけど、そっち関係なら、彼女つきの片岡君の方が詳しいんじゃないの」

「先生っ」

またも向いてきた矛先に、片岡が悲鳴をあげた。

「勘弁してくださいよ……。そういう仲だったら、何も明田さんをほっぽりだす必要はなかったんですから」

真理である。貢は大きくため息をついた。

「そっかぁ……」

「カクテルバーとはまた、君らしくないアイテムだね」

飲み終えたカップをさっと洗いながら、小暮が言った。

「それこそ、彼女のためのリサーチじゃないの？」

「違いますって」

慌ててばたばた手を振る貢に、仕返しとばかりに片岡がつっこみを入れる。

「俺のことばっかり言ってるけど、明田さんこそ、かわいい女の子でも引っかけたんじゃないんですか」

「ちーがうってっ！」

断じて、女の子ではない。あの店にいたのは、紛れもなく男性だった。見たこともないほどの美貌であったし、とびきり優雅な雰囲気を持ってはいたが、あれは間違いなく男だ。

「……すんません、変なこと聞いて」

急に神妙になってしまった貢に、小暮と片岡が顔を見合わせている。

「明田さん……？」

片岡が恐る恐る声をかけた時、資料とパソコンの陰に隠れている警察電話が派手な呼び出し音をたてた。

「はい、法医学」

一番そばにいた小暮が電話をとり、おっとりとした声を出す。

「はい……はい……」

いつの間に手にしていたのか、ペンがさらさらとメモの上を走る。

「……わかりました」

電話が切れ、ぽんっとメモ用紙が差し出された。

「今日一番の仕事だよ」


解剖には、法的に三つの種類がある。一つは事件性を帯び、警察管轄となる"司法解剖"。一つは死因特定のための"行政解剖"。もう一つが死因特定と研究的意味を帯びる"病理解剖"である。このうち、前者二つが法医学教室の管轄となる。

「『裏窓』……ですか」

飛び込んできた司法解剖の助手を終え、手を洗いながら、片岡が首を傾げた。

「あの辺には結構飲みに行ってますけど……気がつきませんでしたねぇ」

「ま、そんなに大きな店じゃないからな」

並んで手を洗いながら、貢は軽く首を振る。

「いや、ちょっと印象的でさ、変わったバーテンダーがいたから」

「あ、もしかして」

片岡がにやりと笑う。

「そのバーテンって、女だったりして」

「ばーか。おまえと違う」

貢はがんっと膝で流しを蹴飛ばした。別に八つ当たりしたわけではない。清潔区域独特の手洗い機構なのである。ちょうど立った膝のあたりに、水道と消毒液のスイッチがあるのだ。

「でも、明田さんがそれほど入れ込む店だったら、俺も行ってみたいなぁ。カクテルって、なんとなく女の子アイテムだし」

心なしか鼻の下を伸ばしながら言った片岡に、貢はぽんっと蹴りを入れる。

「おまえな、俺を寒空の下に放り出しといて、何言ってやがる」

「えへへ……」

「なーにがえへへへだ。このやろっ」

「や、やめてくださいよぅ」

しまらない顔の片岡に、二発三発と蹴りを入れながら、貢は考える。

また、あの店に行ってみようと。自分が夢を見たのではないと、証明するためにも。


「ええっと……確か、この辺ですよ」

車が止まった。

「そうそうっ、彼女の通ってるエステがそこだから、間違いないですっ」

「エステねぇ……」

ため息を隠しながら、貢は降り支度をした。珍しく六時過ぎに大学を出、彼女の元に直行すると
いう片岡を脅しつけて、『裏窓』の近くと思われるところまで、送ってもらったのだ。

「んじゃな……っ」

ドアを開けて言った貢の首根っこを、片岡がぐいとつかんだ。

「く、くるし……っ」

「明田さん、ちゃーんとチェックしてきてくださいねっ」

「な、何を……っ」

真剣な顔がにゅっと突き出されてくる。

「決まってるでしょっ。彼女を連れていけるかいけないかですよっ」

「知るかっ、そんなことっ」

捨てぜりふを吐くと、貢は片岡の手を振り払い、強引に外へ出た。


二度ほど素通りしてしまったと思う。いや……むしろ、開店の時刻になったので、店がすうっと壁の中から滑り出してきたという感じだ。貢がさんざんうろうろした街角に、『裏窓』はちゃんと存在していた。

「……なんか、だまされてる気分だな」

都会の片隅に存在するだまし絵。つるりとした質感の奥に潜む、しなやかな闇。

「いらっしゃいませ」

すうっと音もなく開くドア。淡い間接照明に浮かび上がるのは、よく磨き込まれたカウンターだ。

「……あ、まだ開店……」

カウンターの止まり木に、まだ客の姿はなかった。美貌のバーテンダーが、白いシャツの背をねじって、ゆっくりと振り向いた。ふうっと浮かび上がるほの白い顔。

「よろしいですよ。そろそろ開けようかと思っていたところですから」

彼はそう言うと、静かにカウンターに向かった。

「いや、しかし……」

店の片隅に置いてあるグランドファーザースクロックは、午後七時近くを指している。確かに、バーの開店としては、少し早いかもしれない。

「出直して……」

そそくさときびすを返しかけた貢の肩のあたりに、滑らかな声が降ってきた。

「店にとって、口開けのお客様に逃げられるくらい縁起の悪いことはないのですよ」

「へ?」

〝口開け〟だの〝縁起〟だの、かの美貌とはまったく似合わないことを次々に言われて、貢は思わず振り向いていた。

「あの……」

ほの白い顔がクスリと笑った。口元からちらりとのぞいた八重歯が、整いすぎた容貌に不思議な柔らかみを与えている。

「何をお作りしましょうか？」

カウンターの下のごく小さなテーブルに、きらきらと光る銀のシェイカーとミキシンググラス、ストレーナー、バースプーンがスタンバイされている。どれもきちんと手入れがされているものらしく、使い込んでいるふうに見えるのに、輝きがとても艶やかだ。

「……」

貢はふうっと小さく息を吐いてから、止まり木に腰を落ち着けた。長身の彼が止まり木に座ると、妙に格好がいい。貢が居酒屋のようなところより、カウンターバーを好むようになった理由のひとつがこれだ。貢とよく似たプロポーションを持つ兄の史も、やはりカウンターバーの似合う男だ。貢はいろいろな意味で、この兄の影響を受けている。いや、強く受けすぎているのかもしれない。

「マティニと言ったら……馬鹿のひとつ覚えですか？」

「いいえ」

バーテンダーは優雅な仕草で首を横に振る。

「バーテンダーの数だけ、マティニのレシピはあると言われておりますからね。一番くせ者のオーダーかもしれませんよ」

話しながらも、彼の手は滑らかに動く。ドライジン、ドライベルモット、オレンジビターズ……。

マジシャンの手際にも似たその見事な手さばき。

「あの……」

話しかけようとして、貢は呼びかけるべき名を知らないことに気づく。”マスター“と呼びかけるには、彼は少し若すぎるような気がしたし、”バーテンさん“と呼ぶには、少し雰囲気がありすぎる気がした。

”そうだ……“

この前来た時、彼の名を呼んでいる客がいた。

”えっと……なんだっけ……“

少し変わった響きを持った名だったような気がした。するりと滑らかで艶やかな……そんな名前……。

「あの……っ」

貢は再び声をかける。ストレーナーを押さえた彼の指の美しさに思わず見とれてしまいながら。

「名前……教えていただけますか……？」

「はい？」

カクテルは、きらめくグラスにぴたりの量だ。多すぎも少なすぎもしない、エレガントなカクテルができあがった。すうっと音もなく、カウンターをグラスが滑る。

「僕の……ですか?」

微かな吐息が漏れるような声で、彼は話す。艶やかで滑らかなベルベットの声。柔らかな話し方。ここにはなんの音もない。必ず喫茶店やバーにつきもののBGMがない。だから、言葉のひとつひとつ、吐息までもが耳に届く。

「そう……口頭ではちょっと難しいですね……」

彼はそう言うと、目の前にあった紙のコースターを、軽く指を弾く仕草だけで見事に返した。表にはアールデコ調のデザインがされているのだが、裏を返すと真っ白だ。彼はそこに、さらさらと軽いタッチで字を書いて見せた。

「え……?」

意外なくらい達筆な、きれいに崩された文字である。

「いかがです?」

彼はすうっと口元を引き上げたアルカイックスマイルを作って見せた。口元が決まってしまうと、逆に瞳の表情が生きてくる。弾いたらちりんと音がしそうな硬質な瞳が、きらきらと淡い照明を反射している。

「鏡……ですよね」

貢は一番上の文字を指で押さえながら言った。

「それから……お宮さんの宮……ですよね」

「ええ。それから？」

次のごく単純な文字で、貢は引っかかってしまう。

「えと……」

漢字が得意だったら、今頃、法医学者なんかやっていない。だいたい理系の人間は漢字に弱い。日常語がほとんど英語やドイツ語といった横文字のためだ。

「ええっと……」

カクテルグラスがゆっくりと涙をこぼす。ステムを伝って滑り落ちた滴が、コースターの文字をにじませていく。

「しょう……と読みます」

小さく笑って、彼が言った。貢の情けない表情を読みとって、助け船を出してくれたのだ。

「もともと楽器の名前です。笙……篳篥《ひちりき》……まぁ、あまり馴染みのない名前ではありますね」

「楽器……ですか……」

「名字の方は、〝み〟をひとつ抜いて、〝かがみや〟と読みます。珍しいというほどではありませんが、月並みな名前ではありませんね」

「かがみや……」

不思議に美しい響きの名前だ。少し汗をかいてしまったグラスのステムをそっと指で支え、貢はカクテルをすうっと喉に送り込む。

「きれいな……名前ですね。何か由緒がありそうだ」

「そんな大層なものじゃありませんよ」

さらりと言って、鏡宮はグラスを丁寧に磨き始めた。きゅっきゅっと気持ちのよい音がして、グラスは艶やかに輝き始める。静かな店の中。不思議と外の喧噪は流れ込んでこない。ただ、片隅にあるグランドファーザースクロックが重厚に時を刻むだけだ。時はまだ夜のとば口。先は長いとでも言いたげに、鏡宮はゆっくりとグラスを磨く。

「あなたの……」

ふと気づいたように、鏡宮が言った。

「あなたのお名前も教えていただけませんか?」

「え……」

リネンを置き、グラスを丁寧に棚に並べながら、彼はおっとりとした調子で言う。

「あなたはこれから僕のことを名前で呼んでくれるでしょう。それなら……」

ふわりと笑みがこぼれる。まるで、花びらがこぼれるように。

「あなたのことも名前で呼ばせてください」

甘く吐息の混じる声。ふいに喉の渇きを覚える。頭がぽうっと熱くなる。

「えと……マティニを……」

貢は少しかすれた声で言った。黙っていると、沈黙と時間でできた不思議な感触の海に溺れてしまいそうだ。

「あ……と……シェイクする作り方は……ないのかな」

「はい？」

鏡宮がゆっくりと首を傾げた。重たげなほどくっきりとした二重瞼の奥、虹彩のはっきりとした瞳が貢を見つめた。思わずどぎまぎして視線をドアの方向にとばしてしまう。

「マ、マティニはステアで作るのが普通でしょう？　シェイクしたら……どうなるのかなと思って」

「ないわけではありませんよ」

鏡宮はゆったりとした仕草で、ボトルがずらりと並んでいる棚を振り向いた。すんなり長い指がいくつかのボトルを取り出す。

「やってみましょうか」

いたずらっぽく瞳が輝いている。貢はつり込まれるようにうなずいた。

シェイカーの中にゴードンジン、ウォッカ、そして、キナ・リレのベルモット。

「さて……」

シェイカーをきっちりと手の中に包むと、鏡宮はシェイクし始めた。

〝へぇ……〟

一見華奢に見える腕が、意外なほど力強くすばやく動く。身体の動きはほとんどない。腕も大きく動いているわけではない。しかしその音を聞けば、しっかりとシェイカーが振られていることがわかる。通常より少し長めかなと思えるくらいシェイクすると、彼はすっと動きを止め、シェイカーの蓋であるトップを外した。すでに用意されていたグラスは、カクテルグラスの中でも大きめのシャンパングラスだった。

「お待たせいたしました」

きっちりと見事に量は決まっている。最後の一滴までぴたりとグラスに収めると、ナイフでさっと一削りしたレモンの皮を入れる。そして、すっと差し出された。

「へぇ……」

ステムを取っただけでわかるほど、カクテルは冷えていた。長めにシェイカーを振ったせいだろう。喉に一口目を送り込む。

「……いかがですか?」

ボトルを片づけながら、鏡宮がちらりと視線を上げた。

「うん……」

意外に口当たりは柔らかい。シェイクして、カクテルの中に空気が入ったせいだろう。個人的な好みとしてはステアしたスタンダードなマティニの方が好きだが、これはこれで悪くない。シャンパングラスで多めにすすり込むには、こちらの方がいいのかもしれない。

「イアン・フレミングのレシピですよ」

「イアン・フレミング？」

さて、そんな名前のバーテンダーがいたかと考える貢に、鏡宮はくすっと笑う。白い八重歯が口元からこぼれる。

「007に出てくるのですよ、このレシピ」

「ああ……」

ようやくぴんときて、貢も笑う。

「誰の名前かと思った」

そして、少しぎこちない仕草で、コースターを引き寄せた。さっき鏡宮が名前を書いてくれたものだ。彼ほど達筆な文字はもちろん書けないが、できるだけ丁寧に自分の名前を書く。

「あけた……」

鏡宮がゆっくりとその名を読む。貢は少し驚いて顔を上げた。

「よく……読めますね」

「はい？」

逆に鏡宮の方が少し驚いた顔をしている。貢は慌ててぱたぱたと手を振る。

「い、いや……よく読みを聞かれるんで」

「そうですか？」

鏡宮は相変わらず微笑みのポーカーフェイスだ。

「さて、明田貢さん。もう一杯いかがですか？」


「『裏窓』……ねぇ」

ネクタイを解きながら首を傾げるのは、貢の兄である史だ。

「俺も結構あちこち飲みに行ってるけど、記憶にないな。新しい店か？」

「そうでもない。よく手入れはされてるけど、新品って感じはしなかった」

テーブルでノートパソコンのキーを叩きながら、貢は答えた。ディスプレイに出ているのは、殺人事件における死因の統計という物騒な円グラフだ。

「あ、でも代替わりしている可能性はあるかな。マスターが妙に若かったから」

「ふぅん……」

貢にカクテルの味を教えたのは、この史である。それだけではない。早々に自活し、二人きりの生活が長いだけに、貢は兄の影響を多大に受けている。法医学を専攻しているというのが、その一番であろう。机上の論理でなく、すべてがフィールドワークであり、それが事実に結びついていく特殊な分野。実験の許されないシビアさ。医学のみにとどまらず、あらゆる科学のテイストを盛り込み、知識を総動員してパズルをはめるように事実を積み重ね、タペストリーのごとく真実を織り上げる過程。そのすべてを確実にこなし、一歩一歩真実に近づいていく兄の姿に、貢は憧れ続け、ついに同じ道を歩き出した。

「代替わりっていう考え方はいいが、あまり断定でものを見ない方がいいぞ」

ソファにどさりと身体を投げ出し、缶ビールをぱしっと開けながら、史が言った。

「おまえ、思い込みと早とちりが激しいからな。人の年齢は見ただけじゃわからないぞ。予断は禁物」

「いや、別に事件性があるわけじゃないし……」

「訓練は普段から」

史はぴしゃりと言った。

「はぁい……」

なんだかんだ言って、貢はこの兄に頭が上がらない。有能すぎる兄に反発しようとした時期もあ

ったのだが、反発できるほど、彼は甘くなかった。その時、貢は悟ったのだ。相手が自分と同じレベルと思うからこそ、反発やレジスタンスはできるのだと。相手が雲の上のレベルだと、どうあがこうと小手先であしらわれてしまうのだ。人これを〝孫悟空とお釈迦様〟状態という。

「そういえば、この前兄貴が検死した事件、もう犯人捕まったんだって？」

風呂上がりの頭をごしごし拭きながら言った貢に、史はすうっと目を細めながらうなずいた。

「ああ。死亡時刻の特定が、わりにしやすかったからな。あとは指紋からたぐっていったら一発だった。殺人事件がみんなこんなふうに解決してくれると、警察は楽でいいんだがな」

「なんか、難しいの抱えてんの？」

わくわくと目を輝かせながら言う貢に、史はちらりと視線を流した。

「守秘義務」

「何言ってんだよ、今更」

史がばしりと飲み終わったビールの缶をつぶした。すかさず二本目を投げてやる。

「兄貴」

「……」

「俺だって、関係者みたいなもんじゃん。どうせ、剖検はうちでやるんだし」

「……おまえじゃない。小暮先生がやるんだろうが」

「行政の方はちょこっとだけやらせてもらってるよ。司法は法的にペケだから、助手ばっかりだけど。でも、学位通ったらちょっとくらいやらせてもらえそうだし……」

「ああ、わかったわかった」

しっぽをぱたぱた振る子犬のような弟に、史は観念したように両手を上げて見せた。

「口外厳禁。ちらりとでも漏れてたら、犯人はおまえと断定するからな」

「了解っ」

貢はタオルを投げ捨てると、勢いよく缶ビールを開けた。

「実はな……」


八時を回った頃から、『裏窓』の夜は始まるようだった。入れ替わり立ち替わり客が訪れ、思い思いのカクテルをオーダーする。鏡宮はそれを淡々とこなしていく。客が増え始めると、彼は寡黙になる。微笑むこともほとんどなく、ただ淡々とシェイカーを振り、ミキシンググラスをステアする。まるで、よくできた人形のように。

〝いろんな……顔……〟

貢はそんな彼の横顔を眺めながら、ぼんやりと考える。

〝どの顔が……本当なのかな……〟

貢にカクテルの話をする時のきらきらと輝く少年のような表情。たまに吐息の混じる柔らかな声で話す時のどきりとするほど艶やかな表情。そして。

〝こーんな……クールな顔〟

鏡宮はとてもつかみにくい人間だ。自身が上に何かつくほど正直で単純な貢からすれば、彼はとてつもないスケールのブラックボックスのようなものだ。

〝どんな顔でも……作れそうだよな〟

一流のバーテンダーにはいくつかの条件がある。そのうちのひとつは、どんな話が耳に入っても表情を動かさず、ポーカーフェイスを通すことだ。彼は目の前で客がどんな話をしていても、それを見事なまでのポーカーフェイスで聞き流す。話を振られるまでは、絶対に口を出さない。時には話の矛先が及んでも、優美な目線ひとつで客を黙らせてしまう。

〝目の前で何が起こっても……崩れたり、乱れたりしないんだろうな……〟

彼が一流のバーテンダーであるなら。

「噂はね、いろいろあるんですよ」

カウンターの端っこでひそひそと言うのは、常連客の一人である。

「あれだけの美貌ですしね……モデルだったとか……」

「はぁ……」

すでに貢が『裏窓』に通い始めて、二週間近くが経っていた。それなりに顔馴染みもでき、鏡宮の見事な手さばきを横目に眺めながら、会話する余裕もできた。

「あら、私が聞いたのは違うわよ」

口を挟んできたのは、さらにその向こうにいた女性客だ。どうやら鏡宮を目当てに通ってきているらしい。近所に住む女子大生だと聞いたことがあった。

「マスター、ピアノ弾くでしょ？」

「うん」

少し身体をねじって振り返ると、そこには小ぶりなグランドピアノがある。その前には誰も座っていないが、蓋だけが開けられていた。これは、その日鏡宮がピアノを弾く気があるという印なのだと知ったのは、つい三日ほど前のことだ。ピアノの蓋が開店の時に開いていなければ、弾く気がない。そんな日は、いくらリクエストしても、決して彼はピアノに触らないのだという。

「あれね、絶対素人の腕じゃないんだって。きっちりとした音楽教育を受けた、ほとんどピアニストの域に達するようなレベルのものなんだって」

クラシックを弾いたのはまだ聞いたことがないが、確かに鏡宮のピアノは素人離れのしたものだった。ポピュラーでもジャズでも、さらりと肌に馴染む心地よい音を届けてくれる。押しつけがましくはないが、不思議と耳の奥に残る……そんな音だった。

「だから、何かの理由で再起不能になった天才ピアニストじゃないかって……」

「再起不能って……ちゃんと弾いてるじゃないか、ピアノ」

男性客が混ぜっ返す。女子大生はブラウンに染めたぱさぱさの髪を、ふんっと背中に押しやった。

「だーかーら、社会的に再起不能ってことよ。スキャンダルとか、酒で身を持ち崩したとか……」

「なーんか、そういう雰囲気じゃないよなぁ」

〝おいおい……〟

勝手な会話に、貢は身の縮む思いをしているのだが、当の鏡宮は聞こえているのかいないのか、優雅な仕草で次々にカクテルを仕上げている。今あがったのは、スノースタイルのグラスが美しいマルガリータだ。カウンターの一番右端にいるＯＬ風の若い女性の元に運ばれていく。彼女もまた、鏡宮を目当てに通ってきているのだろうか。彼の端正に整った横顔を見つめる目が、妙に熱っぽい気がする。

〝うがちすぎ……かな〟

「なんかさ」

また、男性客の声が聞こえた。貢に言っているわけではない。隣の女子大生との会話らしい。

「日本人離れした容姿だよな。肌の色とか……瞳の色とか……」

「やーだ、沢野《さわの》さんっ。いったいどこ見てるのよーっ」

あまりに華やかすぎる声に、思わず貢が首をすくめた時、カウンターの真ん中あたりで、人の立ち上がる気配がした。中肉中背のごく平凡な感じの青年だ。

〝うわ……〟

すっと立ち上がるというより、かなり乱暴に、苛立ちのあまり立ち上がったという感じだ。彼はポケットから小銭をつかみ出し、左手でカウンターに叩きつけた。不快な不協和音が狭い店内に響き渡る。客の誰もが身体を堅くする。空気がぴんと張りつめた。

「ありがとうございました」

凍った雰囲気の中、鏡宮の穏やかな声がすうっと滑り抜ける。ドアがばしりと閉じた。

「……ああ、びっくりしたぁ」

女子大生が両手で胸のあたりを抱きしめながら言った。

「もおっ、沢野さんが悪いんだよっ。変なこと言うからっ」

「何言ってんだよ。美由紀《みゆき》ちゃんが素っ頓狂な声出すから……っ」

「あの人、よく来てる人だよね。ごめんね、マスター。常連減らしちゃったかも」

「大丈夫ですよ」

おっとりと鏡宮が返し、柔らかく空気が流れ出した。低く漂う煙草の煙。ほうっとゆるんで開き始める会話の花。

「明田さん」

はっと顔を上げると、鏡宮の不思議な色の瞳が驚くほど間近にあった。すっかり見慣れてしまった白いシャツと黒のトラウザース。タイはその時によって変わるが、今日はくすんだローズのアスコットタイを結んでいる。枯れた色が淡い瞳に映って、艶やかに色めく。

「何かお作りしましょうか?」

「あ、ええ……」

貢はグラスを干すのが早い。ショートカクテルは、できることなら一気に飲み干すくらいの感じで飲むべきだ。兄に教えられたことは忠実に守っている。実際、その方がおいしいことも知っているからだ。

「じゃあ……ホワイトレディを」

「かしこまりました」

手入れの行き届いたシェイカーの横に並ぶのは、ドライジンにホワイトキュラソー、そして、ガラスのスクイーザーと鮮やかな黄色が目に痛いほどのレモンだ。

「ホワイトレディって……」

レモンをペティナイフですぱりとふたつに切る、鏡宮の手元を見ながら、貢はぽつりと言った。

「『鏡の国の戦争』に出てきますよね……」

「ル・カレですか?」

貢がつぶやいたスパイ小説の作者をさらりと言い当てながら、鏡宮はスクイーザーでレモンを絞る。すうっと立った芳香の霧に鼻先をぴんっと弾かれた気分で、貢は思わず唾を飲み込んでしまう。

「なんか……あれ、おいしそうで……」

「小説の内容はほとんど覚えていませんが、不思議とカクテルの出てくるシーンだけは、印象的に覚えていますよ」

シェイカーがリズミカルに動き出した。

小説の主人公は、敵地に潜入する時にまで、このカクテルの材料であるジンやホワイトキュラソーを持っていっていた。そんな粋な真似ができたら、カクテルが好きだと胸をはって言っていいと思うのだが。

「……そういえば」

グラスは細かいグラヴュールの美しいバカラのものだ。最後の一滴でぴたりと量の決まったホワイトレディの淡い色合いが、艶やかなグラスによく似合う。

「ホワイトレディのジンをブランデーに替えたら……」

きりっと引きしまった味だ。この"レディ"はずいぶんと辛口のりりしいレディのようだ。

「そう。サイドカーになりますね」

ジンのボトルはそのままに、鏡宮はナイフで小さなライムの実を二つにさくりと割る。新しく入ったオーダーはギムレットだ。

「明田さんは……ずいぶんとカクテルにお詳しいですね」

きゅっとスクイーザーでライムを絞りながら、鏡宮が静かな声で言った。

「そんなことないですよ」

こりこりとこめかみのあたりを掻きながら、貢は苦笑する。

「兄の受け売りです。なんか……刷り込まれちゃって」

「それだけじゃないでしょう」

鏡宮の振るシェイカーは、意外なくらい音をたてない。華奢に見えるが、リストが強いのだろう。動きが早いので、シェイカーと氷のぶつかる音がほとんどしない。それでいて、カクテルはきりっと冷えているのだから、やはりバーテンダーとしての腕がいいということになる。

オーダーを一通りこなすと、彼はすっと店の隅にある時計を見た。時刻は十時を少し回ったところだ。今日はピアノの蓋が開いている。白いシャツがすうっと泳ぐように、貢の視界を横切った。どこかでからり……とグラスの中で氷の崩れる音がした。モスコミュールの泡が、さぁっとガラスの壁を這い上がる。ぱらぱらといくつかの拍手。そして、しんと落ちる沈黙。目の前のカクテルよりも甘く深い酔いが、貢を包もうとしていた。

ACT 3

「兄貴、パン焼きすぎ」

「文句言うなら、自分で焼け」

まだパジャマ姿のままでテーブルにつき、あくび混じりに言った貢に、史は朝刊を畳みながら冷たく言う。

「自分はコーヒーだけの兄が、かわいい弟のためにわざわざ……」

「何がわざわざだよ。たかだかトースターにパン放り込むだけじゃないか」

やたら歯ごたえのあるトーストをかじりながら、貢は文句を言う。

「だいたいね、朝飯も食わないで……」

貢が毎朝の決まり文句を言いかけた時、椅子の背にかけた史のジャケットのポケットから、規則的な信号音が聞こえた。警察から貸与されている携帯電話のものだ。

「はい、明田です」

新聞を手にしたままで、史は受信ボタンを押す。

「はい……ああ、はい……ええ……わかりました。すぐに出ます」

ピッと電話を切り、彼は立ち上がりながら、ジャケットを羽織る。

「先、出るぞ。ちゃんと火の始末と戸締まり……」

「兄貴……」

トーストをくわえたまま見上げる貢に、彼はひとつうなずいて見せた。

「女性の変死体だ。たぶん、おまえのところで剖検になる」


剖検対象の遺体が大学に運び込まれたのは、お昼に近い頃だった。

「ご飯前の一仕事だね」

小暮がいつものおっとりとした調子で言うのに、貢と片岡はげんなりとした表情で顔を見合わせた。術衣に着替えるために更衣室に入ると、くーっとお腹の鳴る音がする。

「今日は明田検死官がついていらしてるってことだし」

「え？　兄貴が？」

ブルーの術衣をかぶりながら、貢は小暮を見た。

「なんで？」

「さぁね。たまには弟君の仕事ぶりでもチェックしに来たんじゃないの？」

さっさと着替え、小暮は解剖室に出ていく。助手の貢、筆記係の片岡と続き、更衣室のドアがぱたんと閉じられた。監察医務室を間に挟んだ解剖室には、すでに警察関係者が入っている。みな、不織布でできたディスポーザブルのガウンに長靴という姿だ。

「よろしくお願いします」

すっと頭を下げたのは史である。小暮も会釈を返す。

「身元は?」

「判明しています」

「司法ですか?」

解剖の種類を確認する小暮に、史がうなずいた。

「左前胸部刺創による心タンポナーデ……と見ましたが」

「了解しました」

貢と片岡は先に解剖台に近づき、準備にかかる。かけられている布を取り、写真を撮りながら、遺体を裸にしていくのだ。姿勢を正し、まず一礼してから仕事にかかる。布を取る瞬間は、いつもながら多少の度胸が必要だ。息を整え、気合いを入れる。

「あれ……?」

遺体はまだ若い女性だった。意外なほど表情は静かで、まるで眠っているように目を閉じている。

「どうしました？」

机の上に書類を広げ記録の準備をしていた片岡が顔を上げた。貢は首を傾げる。

「なんか……見たことあるような……」

「ええ？」

「いや……どこで見たのかなぁ……」

「じゃあ、始めましょうか」

小暮がマスクをつけながら、こちらに向かってきた。振り向くと、史が軽く口元をゆがめながら、すっと親指を立てて見せている。貢はふんっと顔を背けると、自分もマスクをつけた。


「片岡」

剖検は一時間ほどで終了した。小暮の指示通りに死体検案書の書式を整えている片岡に、貢は大股に歩み寄る。

「被害者の名前……」

「あ、ええ」

身元がはっきりしていれば、死体検案書には名前が入る。そうでないと、火葬の許可が下りないからだ。

「鎌田《かまた》……美由紀……」

貢の頭に、数日前の光景がぱっとよみがえった。

静かなバーで華やかな声をたてていた娘……常連客と肩を叩き合い……。

「美由紀……美由紀……って……！」

慌てて住所を確認する。

「近くだ……」

検案書に載せられている被害者の住所は、『裏窓』のすぐ近くだった。

「あの子……殺されて……」

まだ耳に残っている少し甘えた感じの声と……氷のような手触りの肌と。そのすさまじいまでのギャップに背筋が寒くなる。

「そんな……」

両手で口元を覆い、貢はしばらくその場に立ちつくしていた。


鎌田美由紀の死亡推定時刻は深夜、午前一時から二時までの間と推定された。午前零時までは友

人たちと共に飲み歩いており、生存が確認されていることから、その友達と別れて自宅に帰ったところを待ち伏せされ、胸を一突きされたというのが、警察の見解であった。

「顔見知りの犯行っていう見方が大方だな」

ネクタイを解きながら、史が言った。

「被害者は正面から胸を一突きにされている。加害者の顔を知っていたからこそ、それほど不審も抱かずにそれだけの距離に近づいたんだ」

「剖検の時、爪の間から皮膚切片が出たんだけど」

ソファの上で膝を抱きながら、貢はぽつりとつぶやいた。

「鎌田美由紀の血型はA型。皮膚切片の血型はAB型だった……」

「胸を刺された時に、反射的に加害者の腕でも引っ掻いたんだろうな」

冷蔵庫を開けて、スポーツドリンクの缶を取り出しながら、史が振り向いた。

「しかし、これであの界隈で殺された女性は三人目だからな。いい加減なんとかしないと」

「手がかりってないのかよ」

「共通点はいくつかあるよ」

貢が座っているソファの肘掛けに軽く腰をかけて、史は指を折りながら数え上げた。

「まず、被害者の殺されたところが比較的近いこと。半径五百メートル以内ってところか。自宅の前で殺されたのが二人、会社の駐車場で殺されたのが一人っていう違いはあるけどな」

「それから」

「年齢と性別。いずれも二十代前半の女性。一人暮らしとは限らないな。駐車場で殺された一人は家族と同居していたから」

「他には」

「ない」

「ない？」

妙にきっぱりと言う史の顔を、貢はまじまじと見た。

「交友関係とか……」

「まったく重なっていない。家族や友人にかなりしつこく聞き込んでみたらしいが、三人の被害者をつなぐものは今のところ見つかっていない。殺害方法も、撲殺やら扼殺やら刺殺やらバラバラだし……必ずしも同一犯と断定しにくいんだよな」

「しにくいってそんな……」

「あのな」

史はふくれっ面をしている弟の頭をぽんとこづいた。

「世の中、そう簡単にいかないいんだって」

「だって……っ」

「ま……顔見知りの子が殺されちまったっていう、おまえの気持ちもわからんではないが、餅は餅屋ってことで、こっちにまかせろや」

貢は不機嫌に兄の手を振り払う。

何かが引っかかる。何かが頭の片隅に張りついている。しかし、いったい……何が。


『裏窓』のドアは、いつも軋む音ひとつなく開く。

「いらっしゃいませ」

静かな鏡宮の声と共に、夜の扉もまた開く。

「この前の道を少し行くと」

止まり木に腰をかけながら、貢は言った。

「小さな公園があるの、知ってますか？」

「ええ」

店内は七分の入りといったところか。いくつか見知った顔もあって、貢に軽く会釈を送ってくる。カウンターの真ん中あたりには、この前不機嫌に小銭を叩きつけていった青年の顔も見えた。

「あそこ、右手の奥に椿の木があるんですけど……」

「ええ」

視界の隅にあるピアノの蓋は、なぜか閉じられたままだ。気がつくと、珍しくもごく低くジョージ・ウィンストンのピアノのメロディーが聞こえる。

「真っ赤な椿が……たくさん咲いてました」

「あそこの花は、確か……散り椿でしょう」

「散り椿？」

「ええ」

白い手がきれいに磨き込まれたマホガニーのカウンターをゆっくりと撫でている。

「普通の椿は花首ごとぽとりと落ちますが、散り椿は桜のように花びらが散るんです。ただ、桜よりずっと花びら自身にボリュームがありますし、色もはっきりしていますから、散り落ちたあとの迫力が違うという感じですね。真っ赤な散り椿だと……」

クスリと口元だけが笑う。

「ちょうど、血の跡のように見えるかもしれませんね」

すうっと白い手が滑る。

「……何をお作りしましょうか」

貢は一瞬息を飲む。

〝血……〟

闇の中に浮かび上がる真っ赤な散り椿。ぽとりぽとりと……こぼれ落ちる深紅の花びら。

「それなら……」

少しかすれた声で言った。

「紅い……カクテルを」

「かしこまりました」

ドライジン、ドライベルモット、そして……とろりと紅いデュボネ。ステアされて、紅が溶けていく。

「……サロメです」

『ヨカナーンの首をっ！』

声高らかに叫ぶ呪われた美女が、その瞬間目の前を通り過ぎる。

「ずいぶんと……物騒な名前ですね」

渋みのあるカクテルをすすり込みながら言うと、鏡宮はふうっと微笑む。口元だけがすうっと横に切れる、アルカイックスマイルだ。整った顔立ちがいっそう人形めいて見えて、貢は一瞬言葉を失ってしまう。

〝サロ……メ……〟

血……赤い血……ヨカナーンの首から滴り、鎌田美由紀の胸から滴った…真っ赤な血。

「色からの連想でしょうか。少々悪趣味かもしれませんね」

鏡宮が微かに笑いながら言った。悪夢の世界から一転して現実に引き戻され、貢は妙にほっとする。

「そう……あれ？」

うなずきかけて、貢は鏡宮の手が妙に白く見えた理由に気づいた。

「鏡宮さん、手……」

彼のほっそりとした右手には白くガーゼがあてられていたのだ。ガーゼの上には、水を通さないためなのだろう、透明の薄いフィルムが張ってあるようだ。

〝そうか……それでピアノを弾かないのか……〟

「大したことはないのですが、ちょっと金具に引っかけてしまって」

鏡宮はクスリと笑った。

「ですから、今日は常連のお客様からは、シェイカーを使うオーダーをご遠慮いただいているんです」

なるほど〝サロメ〟はステアのカクテルだ。

「だから、お手伝いしましょうかって言ってるんだけどね」

カウンターの左端から聞こえたのは、やはり顔馴染みとなっているOL風の女性の声だ。

「グラスくらい洗ってあげるって言ってるのに、聞かないんだもの」

「グラスも洗えないようでしたら、店は開けられませんよ」

鏡宮は穏やかに言った。いつも通り、麻のティータオルで丹念にグラスを磨いている。きゅっきゅっという音が気持ちよく響く。

「違うって。菜穂《なほ》ちゃんなんかにグラス洗わせたら、高価なグラスがどんどん割れそうな気がするんだよ、マスターは」

ふっと紫煙を吐き出しながら混ぜっ返したのは、近くに住んでいるのだというスーツ姿の男だ。都内の高級シティホテルに勤務しているのだと聞いたことがある。

「この前も会社の茶碗、山のように壊したって言ってたじゃないか」

「ひどーい、笠原《かさはら》さんっ」

静かに流れるジョージ・ウィンストンのピアノ。カウンターの真ん中あたりに座っている青年が、やや神経質な動きでライターをかちかちと鳴らしている。右手にはめた腕時計の文字盤がきらりと間接照明を反射している。

「しかし」

笠原と呼ばれたスーツ姿の男が、粋な仕草でグラスを空けながら、小さく笑った。

「紅いカクテル……でサロメとはね。マスターも結構怖いね」

「そうですか？」

静かに磨き終えたグラスを並べながら、鏡宮は視線を上げた。

「ブラディ・メアリ……というより、怖くはないと思いますが」

「だからさ」

笠原は煙草を挟んだままの指で、すっと鏡宮を指す。

「血でブラディ・メアリなら、まず思考的にはまっすぐじゃない。それをサロメの方に曲がっていっちゃうってのがね」

鏡宮は黙って微笑んでいるだけだ。ほっそりとした手に白いガーゼだけが妙に目立つ。

血……鎌田美由紀の白い胸に流れていた真っ赤な血。

ほろ苦いカクテルに酔いながら、貢は思う。

鏡宮は……いったいいつ、けがをしたのだろう……。昨日の閉店時、午前零時にはなかったはずの傷は、いったいいつできたのだろう。

「血っていえば」

菜穂と呼ばれた女性客がカウンターに肘をつきながら言った。

「マスター、何型？」

「あ、俺はねぇ」

「沢野さんになんか聞いてないわよ」

「あ、ひでぇ」

貢の酔った意識の上を言葉が滑り抜け始める。

〝つかしいな……俺、こんなに弱くないはず……〟

「……ABですよ……」

するりするりと言葉が逃げていく。

〝ABって……どこかで……聞いたような気がする……〟

いったいい、どこだっただろう……。

ACT 4

「ほんとかよ……」

片岡が作成した死体検案書を前にして、貢は呆然とつぶやいた。

「なんで……」

「どうしたの？」

検案書に添付する細かい報告書を書いていた小暮が顔を上げる。

「ゼミは？」

「……終わりましたけど……」

貢はばさりとファイルを置いた。本来であれば小暮が担当するゼミがあったのだが、他殺体の剖検が入ったため、貢が代わって終わらせてきたところだった。

「ご苦労様」

小暮はまだ術衣に白衣を引っかけたままの姿だった。警察から報告を急がされているのだ。

「今回は絞殺。得物は……細い紐状のものだね。これから顕鏡で見るけど……あんまり特異性のあるものじゃない気がするなぁ……」

「先生……っ」

「死亡推定時刻は……昨日の午後五時から六時半くらいかな。早い時間だし、場所が場所だから、目撃者くらいいるかもしれないね」

「い、いったいどこで……っ」

「マンションのエレベーターの中なんだよ、それが。現場の状態から見ても、そこで殺害されたことは間違いないって、明田検死官が言うしね。やっと、殺人鬼もお縄になるのかな」

血なまぐさい話も、小暮ののんびりとした口調で言われると妙に現実離れして、今ひとつ緊張感に欠けてしまう。

「しかし……連続殺人なんて、そうそうあるもんじゃないよ、なんて簡単に言っちゃってたけど……」

冷めたコーヒーを一口飲んで、小暮は言う。

「ちょっと考え変えなきゃいけないね」

「じゃ……っ」

「軽々には言えないけどね……」

さらさらとペンを走らせながら、彼は言った。

「これは……同一犯による連続殺人の可能性が高いね」

死体検案書の氏名欄がのぞいた。

『高崎《たかさき》菜穂』

貢の頭に、ＯＬ風の若い女性の面影が浮かび上がっていた。鏡宮をうっとりとした瞳で見つめ、

『グラスくらい洗ってあげるのに』

と言った彼女の顔を。


今にも崩れそうな資料の山を横目に、貢は机に肘をついて考え込んでいた。

〝偶然……なんだろうか……〟

わずか数日の間に、顔見知りの女性が二人も殺されてしまった。その二人の共通点はいくつかある。まず、二十代前半の若い女性であること。住所がきわめて近いこと。そして。

「『裏窓』常連客……」

あの店に通い始めてから、貢自身それほど日が経っていない。その彼が顔を覚えていたのだから、鎌田美由紀も高崎菜穂もかなりあの店に足繁く通っていたことになる。

「……もしかしたら」

この女性連続殺人の被害者は、現在のところ四名。貢はぱっと立ち上がると、ロッカーの中をがさがさとかき回し始めた。

「なーにやってるんすか?」

片岡が間抜けな顔であくびをしながら言う。

「ちょっと……探し……あったたっ!」

ロッカーに入れっぱなしのジャケットのポケットを探ると、目当てのものが見つかった。貢は受話器を抱え込むと、見つけだした名刺を見ながらダイヤルを回した。

「あ……沢野さんでしょうか……俺、明田ですが……」


一見、ひとつの接点も見いだせない四人の女性が次々に殺された。

〝でも……〟

貢はジョーカーを一枚握っている。たった一枚の、しかしとてつもなく強力なジョーカーだ。

ジョーカーの名は『裏窓』。もしくは『鏡宮笙』。

殺された女性は皆『裏窓』の常連客だったのである。


「いらっしゃいませ」

滑らかな動きのドアをくぐると、やはり滑らかな声が迎えてくれる。

「雨……降ってきましたよ」

貢は肩の滴を払いながら言った。

「霧雨って……なんだか始末に困りますね」

「はい?」

カウンターに座った貢の前に、真っ白に洗い上げたタオルが差し出される。

「あ……すみません……」

「始末に困るって、どういうことですか?」

珍しく鏡宮の方から言った。今日は白いスタンドカラーのシャツだ。襟元には何も結ばれていない。

「……傘をさしていいのかどうか。手を伸ばしても何もあたらないのだから、傘をさすのも馬鹿馬鹿しい気がするし……でも、傘をささないとしっかり濡れてしまう」

タオルで髪を拭きながら言う貢に、鏡宮は穏やかに微笑んだ。

「濡れるには……まだ少し寒いですか」

「夜ですからね」

貢は肩をすくめた。

「暖まるものをもらえますか?」

「かしこまりました」

時計は八時を回ったところ。店内はまだ静かだ。今日はピアノの蓋が開いている。ちらりと見た鏡宮の手はするりと滑らかで、ガーゼを張った跡も残っていない。本当に大したことのないけがだったのだろう。そう、たぶん引っ掻き傷程度の。

ごく小さなケトルがしゅんしゅんとたぎり始めていた。ホットカクテルを作るつもりなのだ。店の片隅で、大きな時計が時を刻む音が聞こえる。

「……そういえば」

タオルの端をきゅっと握りしめながら、貢は何気ない調子で言った。

「昨日……開店が遅くなかったですか?」

「はい?」

華奢な取っ手のついたグラスを出し、ダークラムを注ぐ。その上にケトルから熱湯が注がれる。

「ああ……そうですね……」

静かに角砂糖が沈んでいく。小さく泡を吐きながら。

「そう……開店は何時だったかな。八時を回っていたかもしれませんね。ここにたどり着いたのが、七時を回った頃でしたから」

〝え……〟

「どうして……ですか?」

ぴくりと顔を上げた貢に、鏡宮は微かな笑みで答える。唇の端がすうっと持ち上がる妖しいほどに美しい微笑みだ。それは静かなカクテルバーに不似合いなほど艶やかなものだった。

カウンターの上には、たっぷりとしたブランデーグラスが置かれ、その中で小さなキャンドルが明かりを灯している。そのちらちらと揺れる炎が鏡宮の淡い瞳に映る。

「ちょっとした……野暮用で」

炎が揺らめく。一瞬も止まることなく、ゆらゆらと。捕らえようとしてもその動きはいっこうに捕らえられない。捕まえたと思った瞬間に逃げていく。そう……まるで逃げ水のように。どこまで追いかけても決して追いつくことのない、あの夏の幻のように。

「もしかして、来てくださったのですか?」

グラスの中にはレモンスライス、一匙のバター、そして丁字の実がふたつ。

「ホットバタードラムです」

風邪の特効薬と信じられているカクテルは、つんと少しきつめのアルコールの香りがする。そのまま……沈み込んでいきたいほどの。

「本当に……」

グラスの陰に顎を埋めながら、貢は囁く。

「本当に……開店が遅れたのですか？」

「ええ」

鏡宮は瞳に炎を留めたままうなずく。うっすらと柔らかに微笑みながら。

「そう……この店を始めて以来のことかもしれませんね」


暗闇にゆらゆらと蒼い炎が揺れる。

〝どうして……あの日に限って、開店を遅らせたりしたんだよ……〟

ゆっくりと立ちのぼるブランデーの芳香。

〝どうして……あの日に限って、手にけがをしていたりするんだよ……っ〟

偶然も二つ重なると、それはすでに偶然とは言わない。それは運命論者ではない貢の信念のようなものだ。

〝でも……〟

それが偶然であってほしいと思う心が、貢のどこかにある。

知っているのは、おそらく自分だけだ。自分さえ目をつぶり、口をつぐんでしまえば、たぶん……

誰にも被害者たちのつながりはわからない。犯人以外は。酒場での人間関係など希薄なものだ。みなその場限りの言葉を口にし、場合によってはその場限りの名を口にする。今回、被害者たちの顔がつながったのは、たまたま彼女たちが名前だけとはいえ、本名を名乗っていたことと、法医学を専攻している貢の確実な認識能力があったからなのだ。普通、死亡してしまえば、どんな美人でも面変わりしてしまい、生前の顔を想像することはかなり難しくなる。

「さて……どうする」

兄に告げれば、ことは簡単だろう。すぐに内偵が入り、容疑が確定すれば逮捕となる。そこはすでに素人の入り込める空間ではない。『裏窓』と鏡宮笙という美しい幻は、白日の下にさらされ、きっとその魔力を失ってしまうだろう。

「それは……困る」

ぼそりとつぶやいてしまってから、貢ははっと我に返る。

「何が……困る？」

「おい、何根暗い真似してるんだ？」

はっと気づくと、ドアのところに兄の顔が見えた。薄闇に色白の顔がすうっと浮かび上がっている。

「カフェ・ロワイヤルもいいが……何も真っ暗にすることはないだろう？」

カフェ・ロワイヤル。角砂糖にブランデーを含ませ、そこに火をつけると蒼い炎をあげて燃え上がる。ほどよく溶けたところで、ブラックコーヒーに落とすというものだ。

「あ、うん……」

史がつけたライトがまぶしい。目を瞬きながら、貢は砂糖がすっかり溶けてしまったスプーンで、くるりとコーヒーをかき混ぜた。

「兄貴……」

「あ?」

ジャケットを取りながら、史が振り向く。

「あの……例の事件さ……容疑者って絞られてるの?」

「捜査上の秘密」

「兄貴っ」

史は上機嫌で鼻歌を歌いながら、ネクタイを解いている。

「兄貴ってば……っ」

「そうだな……」

シャツのボタンをふたつ外し、襟元をゆるめながら、史は小さく笑った。

「消去法でやってる……っていうとこかな」

「消去法？」

冷めてしまったカフェ・ロワイヤルは、妙にアルコールの香りが強くなっている。

「ああ」

くんっと鼻を鳴らして、少し顔をしかめながら、史が言った。

「明らかに犯人ではない人間を、容疑から外していっている……そういうことだ」


貢の大学から『裏窓』までは、徒歩で三十分ほどである。常識はずれな方向音痴である貢も、さすがに三日と空けず通っていれば、自ずとその道も覚えようというものだ。ことに、ここ数日は毎日、それもほぼ開店近くから閉店間近までねばっている。昨日こそ、剖検と学位論文を提出した学生の試問シミュレーションにつき合って、帰宅が零時を過ぎてしまい、さすがにあきらめたのだが。貢の行動は不審といえば不審だし、店にとって迷惑といえば迷惑なのだが、今の貢はそんなことにかまってはいられない心境だった。

〝あの人が……人を殺している……〟

その想像は、貢の心を凍りつかせる。

「あの人が……」

『裏窓』への一番の近道である公園を突っ切りながら、貢はゆっくりと首を振る。

考えてはいけない。口にしてはいけない。信じてしまいそうになるから。取り込まれてしまいそうになるから。

「そんなこと……あるわけ……っ」

無意識のうちに出た声に、貢は自分で驚いてしまう。

「俺……」

細い細い眉月の下、貢は立ち止まる。

真っ赤に咲き誇っていた椿は、いつの間にか花の季節を終えていた。彼が……鏡宮が「血の跡」と評した紅い花びらは、今ここにない。あるのは……。

「うわ……っ」

貢は思わず声をあげていた。はからずも後ずさりしてしまう。ふらふらと、まるで香気の高い美酒に酔ったように。

「すげ……」

ほの白く輝く桜……さくら。

そこにあったのは、息が詰まりそうなほど濃密な桜の花群だった。いったい樹齢はどれほどになるのだろう。地面に届きそうなほど低く大きく伸ばした枝に、淡く薄い花びらがふわふわとまといつく。今にも風に舞いそうでありながら、とろりと枝にからみつく。離さない……絶対に離さない……。そんなつぶやきが聞こえてきそうだ。絶対に……離れない。

いつか、こんな光景を見たことがある。暗闇に咲き誇る桜花。どこまでもどこまでも続く……桜の波。

「あれは……」

いったいいつのことだっただろう。いつ……どこで。動こうにも動けず、ただただ桜の花嵐に翻弄された……あの幻の瞬間は。

「いらっしゃいませ」

静かな声。たゆたう煙草の煙。微かに氷の崩れる音。

「あれ……」

珍しくも、店内は男性客ばかりだった。もともとカクテルバーという店の性質上、カップルが多いと思いがちなのだが、『裏窓』の場合、美貌のバーテンダーのせいなのか、ひっそりとした佇まいのせいなのかはわからないが、客筋としては圧倒的に個人客が多い。男女比は半々といったところだ。鏡宮の確かな腕と静かな雰囲気を好んで通い詰める男性客と、カクテルよりも鏡宮の美貌を目当てにやってくる女性客である。

「今日はずいぶんと静かですね……」

「明田くん」

カウンターの端から声をかけてきたのは、沢野という常連客だ。インダストリアル・デザイナーという少々珍しい仕事をしている男である。

「それは禁句だよ、禁句」

「は？」

「いいんですよ、沢野さん」

鏡宮がクスリと笑った。細い指の先がきらりと光って見えた。銀でできたカクテルピンを丁寧に揃えているのだ。針のきらめきにも似たぎらりとした艶に、ちょっとぞっとするものを感じてしまう。

「うちの常連のお客さんたちが、続けてお亡くなりになってしまって……」

カウンターの中央、鏡宮のすぐ前にいる青年が左手でジッポの蓋をかちゃりかちゃりと鳴らしているのが、妙に耳障りだ。

「どうも、あまり芳《かんば》しくない噂も立ち始めているようです」

「マスターの物言いは上品でいけないいな」

沢野が言った。

「『裏窓』に通うと殺される……そういう噂があるわけだ。このあたりではね」

「そんな……っ」

「否定はしきれないんですけどね」

ほんのりと微笑みながら、鏡宮はあっさりと言う。完璧な美貌には、困惑の表情も不安の表情もまったく浮かんでいない。不自然なほど、淡々とした微笑みの仮面がそこにあるだけだ。そう。まるで彼がピアノを弾いている時のような、静かな顔だ。

「うちによく来てくださっていたお客様ばかりがお亡くなりになっていることは事実ですし、そんな薄気味悪い噂のある酒場にわざわざ来てくださる物好きな方も、そうそういないでしょう」

ほとんど抑揚のない、それでいて妙に音楽的に響く声で、彼は言った。

「一部の方をのぞいては」

「なんだよ。じゃあ、俺はその物好きかい？」

おどけて言う沢野に、何人かの客が同調の笑いを漏らす。みな渋いオーダーをする筋金入りの男性客ばかりだ。鏡宮のバーテンダーとしての腕を愛している客なのだろう。貢は少し肩をすぼめてしまう。

自分は……どうしてここにいるのだろう。鏡宮の腕はもちろん認めている。兄の史にはずいぶんとあちこちのバーに連れていってもらったが、鏡宮のカクテル以上のおいしいものに出会ったことはなかった。いや……あったのかもしれないが、この店の持つ独特の雰囲気……玲瓏な容姿と優雅な手さばきを誇るバーテンダーと彼の弾く少しゆがんだピアノ、退廃的で優美な雰囲気はここにしかない。この店自体が、ひとつのスパイスなのだ。しかし。

〝今の俺は……〟

もうカクテルだけに酔うことはできない。貢の全神経は、鏡宮の一挙一動に注がれている。彼の中に……血の匂いをかぎ取るために。

「マスター、警察来たの？」

遠慮のない沢野に、鏡宮はさらりと首を振る。白い首筋に漆黒の長い髪がまとわりつく。

〝首を……絞めて……〟

絞殺された被害者は誰だっただろう。

「いえ、正式な形では。酒場のつながりというのは、案外わかりにくいものなのかもしれませんね。もっとも……他に、お亡くなりになった方々の間に、何か関係が見つかったのかもしれませんが」

「明田さん？」

そう言うと、彼はすっと貢の方に向き直った。

「あ……は……？」

妙な幻に惑わされていた貢は、はっと顔を上げ、間抜けな声を出した。

「は、じゃないよ」

沢野が横で笑う。

「バーに来て、ぼさっと座ってる奴がいるか？　オーダーだよ、オーダー」

「あ……じゃあ……」

さっきから、鏡宮がもてあそんでいる銀のカクテルピンが目に入った。

「ギブソン……を」

「かしこまりました」

シェイカーにドライジンとドライベルモット。店の中に華やかな女性の声がないせいか、いつもよりシェイカーの音が高く聞こえる。グラスは口当たりの冷たいローゼンタール。パールオニオンにピンが刺される瞬間、貢はなぜかぎゅっと身を縮めてしまう。まるで……自分が突き刺されたような気がして。


その夜は、それ以上の客は来なかった。

もともと、カクテルというものはそう何杯も飲むものではないし、時間をかけて飲むものでもない。十時過ぎに鏡宮が一曲だけピアノを弾いたところで、なんとなく上滑りで落ち着かない雰囲気の宴は、自然とお開きになってしまった。

「鏡宮さんは」

客が一人減り、二人減り……気がついた時には、店内に残っているのは、貢と鏡宮だけになっていた。

「ここに住んでいらっしゃるんですか?」

銀のピンをもてあそびながら言う貢に、鏡宮はゆっくりと首を振った。

「いいえ。その前の通りを行ったところに公園がありますでしょう?」

「あ、ええ……あの椿のある…」

「その向こうに小さなマンションがあります。そこに住んでいます」

丁寧にグラスを洗いながら、鏡宮は静かな声で言った。

「まぁ……住んでいるというより、寝に帰る巣のようなものですか」

「それなら」

すっと差し出された手に、貢はピンをのせた。

「あそこ……あの公園、今桜が満開でしょう?」

「桜?」

「ええ。なんか……息苦しくなるくらい」

グラスを洗い終え、大きめのリネンを両手に持って、鏡宮は手が触れないよう気をつけながら、グラスを拭き始めた。

「息苦しくなるくらいの……桜ですか」

鏡宮がほんのりと微笑む。

「明田さんは……季節の移ろいにとても敏感ですね」

「え……?」

「店に入っていらした第一声は、いつもそうしたお話でしょう? 椿が散っていたとか、桜が咲いていたとか……。聞いているだけで、花の色の風を感じますよ」

鏡宮は優しく笑う。どこか懐かしささえ感じる柔らかな表情で。そして、ふと気がついたように、手にしていたグラスをカウンターに置いた。気品のあるカットはラリックのものだ。

「もう一杯だけ、おつき合い願えますか?」

「え、ええ……」

グラスはふたつ。こくりとした色合いのチェリーブランデーを注ぎ、スパークリングワインで満たす。さらりとステアすると、ほんのり柔らかなカクテルができあがった。

「どうぞ」

勧められて口にすると、爽やかな酸味の奥に、微かな渋みのあるチェリーブランデーの香りがした。それは優しく澄んだ春の夜のイメージだ。

「桜……じゃ、あまりにストレートに過ぎてつまらないですから、そうですね……闇桜とでも名づけましょうか」

すうっとグラスを干しながら、鏡宮が言った。柔らかな微笑みの奥で、淡い瞳がきらりと光る。

「闇……桜……」

闇。

〝そうか……闇だ……〟

柔らかくも暖かくも、非情にもなれる。それが闇の本体だ。

〝闇……桜〟

それはなんと彼に似つかわしい響きだろう。

「ブランデーの厚みは、どうやっても夜向きですから。夜桜……では、なんとなくお花見ののんきなイメージになってしまいますしね」

鏡宮がおっとりと言った。

振る舞われたのは、オリジナルのカクテルだった。おそらく、鏡宮が貢の話からインスピレーションを受けて作ったものだ。

「鏡宮さん……」

チェリーブランデーの甘やかな苦さを舌の奥で転がしながら、貢は言う。しっかりと視線を合わせて。

「じゃあ……闇桜を見に行きませんか？」


夜の公園には、誰もいなかった。これだけ見事な桜があるのに、夜桜見物がいないのは少し不思議でもあったが、よく考えてみれば、すでに日付が変わりそうな時刻だ。街も眠りにつく頃である。

「足……」

「はい？」

少し先を歩いていた鏡宮が振り向いた。一歩近づいて、貢は肩を並べる。

「足、どうしたんです？　少しだけど……さっきから、足引いてますよね？」

「ああ……」

軽いコートのポケットに両手を入れて、鏡宮はクスリと笑う。

「間抜けな話なんでしたくなかったんですけど……昨日の夜、マンションの階段から落ちたんです」

「え……」

「自分でもどうなったかよくわからないんですけど……足を滑らせたのかな、五段くらい踏み外してしまって。店ではさすがに見栄を張っていたんですけど、そろそろ痛みが出てきたのかな」

思わず貢は、支えるように鏡宮の肩を抱いていた。長身の貢よりも、鏡宮は頭半分ほど小さい。カウンターの向こうに見ている時はそれほど華奢な感じはしないのだが、こうして抱き寄せてみると、思った以上に肩も腕も細い。

「大丈夫ですか……？」

さらさらと滑らかな髪が、貢の目の下で揺れている。微かに感じる香りは、何か花の香りのようだ。

「……大したことないんです」

ぽつりと鏡宮は言ったが、おとなしく貢の腕に身体を預けている。

「そこの……奥です」

貢は淡く漂う闇に向かって指をさした。鏡宮の足を気遣いながら、ゆっくりと歩を進める。差し交わす枝をくぐると。

「あ……っ」

鏡宮の口から、微かな声が漏れた。

闇に白く浮かび上がる壮麗な花衣。微かな風にも身を震わせ、ほろほろと花びらが舞う。見上げた空に月はない。星すらも眠りにつく花曇りの空の下、散りゆく花びらだけが白く光を放つ。

「すごい……ですね……」

かすれた声で囁く鏡宮の肩を、思わず貢はきつく抱いていた。彼の存在はあまりに儚くて、この花びらの波に飲み込まれてしまいそうだ。

「すぐ近くに住んでいるのに……ちっとも気づかなかった……」

甘く吐息の混じる声で、鏡宮が囁いた。

「すごい……」

「子供の頃」

貢はぼそりと言葉を落とした。

「やっぱり、こんな桜を見たことがあります。どこのものだかもわからないし、なんでこれほど鮮明に覚えているのかもわからないけど。ただ……すごく怖かったことは覚えています。きれいなのに……きれいなことはよくわかっているのに……なんだか妙に怖くて。もしかしたら、泣いたかもしれない」

「もともと、桜は物騒な花ですよ」

鏡宮が歌うような調子で言った。

「桜の樹の下には死体が埋まっている……」

「梶井基次郎ですか……？」

「時代劇の切腹は、なぜか満開の桜の下と相場が決まっているしね」

鏡宮は微かに笑う。

「どうしてかな……桜には……血が似合うのかな……」

ふっと振り向いた白い顔。薄く開いた唇だけが、ほのかな桜の色をしている。宝石のようにきらかな輝きを放つ瞳。花びらをまといつかせる漆黒の髪。そっと指を触れた頬は、夜の冷気を吸ってひんやりと冷たい。それはまるで、彼が磨き上げるグラスのように滑らかだ。

「……」

引き合った力はほんの一瞬だった。しかし、それだけで充分だった。

吐息を、唇を重ねるには。

「……っ」

ざっと風が吹く。視界をすべて奪う花嵐。薄紅の花びらに包み込まれ、貢はどこかへ引き込まれる感覚を味わう。終わってはまた繰り返される、触れるだけの口づけ。吐息だけを絡ませる優しいはずの口づけは、不思議な毒を持っていた。味わったら、もう決して後戻りのできない……蠱惑の毒を。

「またひとり、殺《や》られたよ」

どうやって自宅に帰ったのか、貢はよく覚えていなかった。気がついた時には、自宅のリビングに立っており、疲れのために薄赤く充血している兄の目を見ていた。

「殺られたって……」

ぼんやりと返した貢に、史は珍しくも、いらいらした調子で言う。

「女の子だよ、女の子。自然公園のすぐ近くだ」

「え……」

「タッチの差ってやつだよ。被害者を刺殺したあと、犯人は後ろ姿を目撃されている」

貢の手がぎゅっとソファの背をつかんだ。

「目撃……」

「犯人は右足を引きずっていたそうだ」

闇が大きく口を開いて……貢をすっぽりと飲み込んでいった。

ACT 5

「何やってんですか?」

朝からぼーっとしていたかと思うと、突然ファイル棚を漁り、あわただしく調べものを始めた貢を、片岡は呆然と眺めているばかりだ。

「明田さん……?」

「勉強熱心でいいんじゃないの?」

おっとりと小暮が言う。

「まぁ……どういう意味の勉強かはよくわからないけど」

すっかり冷めてしまったコーヒーを苦い顔ですすりながら、貢は何枚かの書類をめくっていた。

〝偶然は……いくつ集まれば必然になるのだろう……〟

貢が見ているのは、女性連続殺人事件の死体検案書だった。ローテーションの関係で、貢が剖検からはずれたものもあったが、監察医として解剖を担当したのは、すべてこの法医学教室の助教授である小暮だ。内容への信頼は絶対的と言っていい。

今までに殺害された被害者は五人。いずれも『裏窓』の常連客であったことは、貢自身がやはり常連の一人である沢野から確認していたし、鏡宮自身が認めてもいる。殺害方法はまちまちだ。撲殺、扼殺、絞殺、刺殺が二人。

「右前頭部挫滅……鼻骨骨折……正面から殴打しているんだ……てことは……」

まったく面識のない人間を、正面から殴打される範囲にまで、易々と近づけさせる若い女性はあまりいないだろう。

「左前胸部刺創……左肩鬱血？　ああ……肩つかんでるんだ……」

加害者は、被害者の肩をつかんで固定したうえで刺殺している。これも正面からだ。

「右示指、中指爪間より、剥離皮膚採取。ＡＢＯ式血液型ＡＢ。被害者のものとは異なるものであり、加害者の身体の一部になんらかの皮膚欠損が起こったものと思われる……」

この遺体が発見された日、鏡宮は手にけがをしていた。右手の甲に。そして、彼の血液型は……。

「死亡推定時刻、胃内消化物、瞳孔反応などにより、午後五時から六時半の間と推定」

この被害者が殺害された日、『裏窓』は開店を遅らせていた。

「それから……」

貢はファイルを閉じた。

五人目が殺害された時、加害者は後ろ姿を見られていた。右足を引きずった後ろ姿を。

「鏡宮さんは……足を引いていた」

大したことはないと言いつつも、彼は間違いなく足を引きずって歩いていた。パズルのピースがはまっていってしまう。もっと……もっと時間をかけたいのに。できることなら、このパズルを完成させたくはないのに。

ちらりと見た時計は、あともう少しで針が直立するところだった。貢はふうっと大きく息を吐き出す。

目の前にあるのは一枚のドア。長くなった春の日に、まだぼんやりと影を映しているマホガニーの扉。小さく斜めにかかったプレートは〝ｃｌｏｓｅ〟。

「……」

まだ、心の中では二人の自分が闘い続けている。確かめなければならない……真実と向き合わなければならないと叫ぶ自分と、そんなことを知ってどうする……たとえ血の匂いのする人でも惹かれてしまったんじゃないか……そのままにしておけばいいとうそぶく自分だ。

「でも……」

真実がそこに横たわっているなら、確かめずにはいられない。それが科学者の端くれである自分の本当だ。

「よし……っ」

もう一度大きく息を吐いてから、貢はドアに手をかけた。


「……いらっしゃいませ」

声はカウンターの中ではない方向から聞こえた。少し慌てて見回すと、鏡宮はピアノの前にいた。ぱらりとアルペジオを響かせる。

「今日はずいぶんお早いですね」

ふわりと微笑むと、彼はピアノの前から立ち上がる。貢は視線をそらしながら、カウンターの止まり木に向かった。

「何をお作りしましょうか」

カウンターの端を持ち上げて中に入り、鏡宮は貢の前に立つ。

「足……大丈夫ですか……?」

「ええ」

彼は軽くうなずいた。

「軽い捻挫ですから。力を入れると少し痛みますけど、大したことはないですよ」

「そうですか……」

「明田さんには、なんだかみっともないところばかり見られているような気がしますね」

「……そんなことないと思いますが」

貢は息を吐きながら、肩の力を抜く。

「……スティンガーをください」

「かしこまりました」

スティンガー……針を意味する言葉。鋭く……突き刺す。突き刺すのか突き刺されるのか、貢にはよくわからない。

シェイカーにブランデーとホワイトミント。シェイクする音はいつも通り、少し高めに響く。

「お待たせいたしました」

一点の曇りもなくきらめくグラスに、深い琥珀の色。

「どうかしましたか……?」

いつもであれば、すぐにすうっと気持ちよく喉に送り込んでくれるはずのカクテル。なのに、なかなか手をつけようとしない貢に、鏡宮は少し不審をにじませる。

「……聞きたいことがあります」

貢はかすれた声をゆっくりと絞り出した。妙に唇が乾いて、うまく言葉が綴り出せない。

「はい？」

外の喧噪はここに届かない。ドアが開く気配もない。ここには二人だけだ。

「なんでしょうか？」

カウンターを真っ白なリネンで拭きながら、鏡宮は口元だけで微笑んだ。少しうつむき、貢はカクテルグラスのステムを幾度も指先で撫でる。

「昨日……いや、正確には一昨日ですね……また、この店の常連である女性が殺害されました。これで……五人目の被害者となります」

「え……」

「俺たちは刺殺……という言い方をしますが、簡単に言えば刺し殺されたんです。あの……桜のある公園のすぐ向こうです」

鏡宮の手が止まった。

「……今回は目撃者がいました。犯人は姿を見られていました」

貢はそこでぐいとスティンガーを飲む。

「犯人は……右足を引きずっていました」

鏡宮の手が、すっと自分の足に向かったのがわかった。

「四人目の被害者……高崎菜穂さんは、他の被害者たちが深夜から明け方に殺害されているのと違って、夕方の五時から六時半の間という比較的早い時間に被害にあっています。彼女が殺害されたのは四月三日……つまり」

「なるほど、僕が開店を遅らせた日……ということになりますね」

鏡宮が静かな声で言った。美しい顔からは表情が消えている。精巧な人形じみた静謐な顔だ。

「三人目の被害者……鎌田美由紀さんは刺殺……つまり五人目の被害者と同じく刺し殺されているんですが、即死ではありませんでした。彼女は、犯人の手を傷ができるほど引っ掻いて抵抗しています。それは……」

「僕がけがをした日ですか?」

鏡宮がゆっくりと言った。いつの間にか、その手にはぎらりとした生々しい光が宿っていた。思わず、貢は言葉を止めてしまう。彼はしなやかな指先で、柑橘類を割るのに使っているペティナイフをもてあそんでいたのだ。

「それから?」

鏡宮が抑揚のない声で言う。

「他にもありますか?」

「……それ以前の二件については、俺は知りません。あなたと……知り合っていませんでしたので」

「あるかもしれませんよ」

薄い唇を優美にゆがめ、鏡宮は低く言う。

「もっと……もっとあるかもしれない。そう……僕が人を殺しているのを見たという人も……いるかもしれない」

「鏡宮さん……っ」

「彼女たちは……よくそこの席に座っていました。カウンターの中央近く……僕が普段立つ場所のすぐ前。ショートカクテルをなかなか飲み干してくれないので……少しつらい気分になったこともありますね」

貢の視線は、鏡宮がもてあそぶナイフに注がれたままだ。貼りついたように、そこから目を離すことができない。

「今なら……」

貢は、緊張のあまり声にならない声を必死に絞り出す。

「今なら……っ、気づいているのは俺だけです。たぶん……誰も……っ」

ようやく貢が胸にしまい込んでいた言葉を口にした瞬間、何かが弾けた。

目の前にいた鏡宮が、突然身体をふたつに折ったのだ。

〝え……え……っ！〟

視界から消えた彼の唇から漏れたのは、告白でも慟哭でもない……聞いたこともないほどの哄笑だったのだ。

「か、鏡宮さん……」

何が起こったのかわからない。何が弾けてしまったのかわからない。わかっているのは……。

「俺……何か、おかしいこと……っ」

貢が考えた方向とは別の方へと、ベクトルが働いてしまっているということだけだ。

「鏡宮さん……っ」

ふっと鏡宮が顔を上げた。今までの爆笑が嘘のように、すうっと先ほどまでの無表情に戻っている。

「明田くん」

鏡宮の右手が、すっと前に差し出された。そこには、銀色に光るペティナイフ。

「……っ！」

よく手入れの行き届いた滑らかな刃が、間接照明をぎらりと反射する。

「それで……？」

鏡宮の涼やかな声。

「ここには君と僕しかいない。君がここに来ることを知っている人はいますか？」

「鏡宮さ……っ」

「このまま」

鏡宮はふうっと口元をつり上げ、息を飲むほど美しい微笑みを浮かべて見せる。

「このナイフを横に払ったら……どうしますか？」

いつの間にか、貢の喉元ぎりぎりに近づけられたナイフは、離れていてもその冷たさが伝わってくるような硬質の輝きを持っている。貢はこくりと喉を鳴らした。

「あなたが……そう、望むなら……」

握りしめた手は震えている。こめかみを冷たいものが伝わり落ちる。

「あなた……が……っ！」

スティンガーのグラス……ステムを一滴の雫が転がり落ちた。

「……え……？」

とんっとナイフが投げ出された。さらりと手が舞い、貢の前からカクテルグラスをさらう。一気にスティンガーを飲み干して、鏡宮は小さく笑った。

「僕は誰も殺してなんかいません」

「え……」

呆然と返す貢の間抜けな顔を無視して、彼はスタンバイされているグラスをカウンターに置いた。無造作にドライジンを半分ほど注ぎ、イタリアンベルモットで満たす。

「ドライマティニ……？」

「似て非なるものですよ。ジン&イットといいます」

鏡宮はさらりと言う。

「そう……まるで、僕とその殺人者のようですね」

鏡宮は同じものをもう一つ作り、軽くカチンとグラス同士をぶつけた。

「あの……」

貢はまだ狐につままれたような顔をしている。

「いったい……」

「ですから」

すうっとカクテルを喉に送り込んで、鏡宮は視線を流す。

「僕と犯人の間には、決定的な違いがあるんですよ。そう……致命的といっていいかな。気づきませんか？」

瞳がきらきらと楽しそうに踊っていた。貢は両手でグラスを抱え込んで、少しうつむく。

〝決定的な……違い……〟

ミステリ好きの根っこの部分が立ち上がってくる。

〝犯人と……鏡宮さんの……〟

鏡宮はグラスを置き、先ほど投げ出したナイフを右手で拾い上げると、器用な手つきで薄くレモンの皮をむき始めた。爽やかな香りがぱっと弾ける。

「この通り……僕は右利きです。それは認めますね?」

「え、ええ……」

鏡宮が何を言っているのかよくわからないまま、貢はうなずく。

「詳しいのは……それこそ君の方だと思いますが、一連の事件では、遺体の様子からして、犯人は左利きに特定されていると聞いていています」

「え……っ!」

貢は慌てて記憶を巻き戻す。繰り返し繰り返し見た被害者の死体検案書……鑑定結果……。

〝正面から右前額部を殴打……同じく正面から左肩をつかんで心臓を一突き……あ……っ〟

向かい合わせの状態は、意外と左右の関係が把握しにくい。しかしこうして、鏡宮と向かい合っていると、犯人の行為が明らかに左利きのものであることがよくわかる。左利きの犯行と考える方が自然なのだ。貢は思いきり横っ面をひっぱたかれた気分で、うっそりと顔を上げた。

「でも……どうして、犯人が左利きなんて……」

「君の兄上に聞いたからですよ」

さらりと言われて、貢は目をむいた。

「あ、兄貴がなんで……っ！」

鏡宮はふふっといたずらっぽく笑う。

「史と僕は高校時代の同級生です」

「え……」

「美由紀さんが殺されて……僕は自分の店のお客さんが狙われていることに確信を持ちました。史が警察関係の仕事に就いていることは同窓会で聞いて知っていましたから、すぐに連絡を取って……それが、あの開店を遅らせた日です」

「あ……」

あの時、鏡宮は言ったのだ。〝野暮用〟で開店を遅らせたのだと。

「いくら常連といっても、店に来てくださるお客様でしかない。住所も知らなければ、正確な名前、勤務先もわかりません。次に誰が狙われるかといっても、僕には見当がつかないんです。そんな話をしているうちに、菜穂さんが殺されてしまった……」

「そ、そういえば……」

貢はようやく立ち直って、口を挟んだ。

「か、鎌田美由紀さんが殺された時、彼女は犯人に引っ掻き傷のようなけがを負わせているはずだった。そして……あなたにも……」

「あれは」

鏡宮は首を振る。

「金具に引っかけたと言いましたが、実は道ばたで、すれ違いざまに何かで斬りつけられたんです。まぁ……浅い傷でしたので、簡単な手当だけで終わりましたが」

「そ、それからっ」

貢はわけもなくばたばたと手を振る。

「あ、足のけがは……っ！」

「ですから、マンションの階段を踏み外したんです。まぁ…もしかしたら、突き落とされたんじゃないかって気もするんですけど」

鏡宮はおっとりと言う。

「どうもねぇ……結構ぴたりぴたりとはまっているし……僕に濡れ衣を着せようとしている節があるんですよ」

「濡れ衣……」

その時、低く音を押さえてある電話が鳴った。貢はそれでもびくりとすくみ上がってしまう。鏡宮が冷静な手つきで電話を取った。

「はい、裏窓でございます……ああ……ええ……やっぱりそう……いや、そんな気がしていただけ。

それで、どうして……ああ……なるほど……」

貢は目の前にあるジン&イットのグラスを取った。色合いも香りもほとんどドライマティニのものだが、口に含むと少しだけ尖った感じがする。ステアしていないせいで、ベルモットの香りのあとに、ジンの鋭さが舌にストレートにくる。しかし、それは決して嫌な感覚ではない。ふんわりと甘やかされたあとで、ぴたりと見せつけられるクールな素顔のようなものだ。

「……わかりました。わざわざありがとう」

鏡宮は静かに受話器を置くと、貢を振り向いた。

「さて……僕の濡れ衣も無事に晴れたようですよ」

「え、じゃあ……っ」

「今の電話は君の兄上……史からです。一連の事件の犯人が捕まったそうです」

「犯人が……」

鏡宮がすうっと横に動いた。滑らかな仕草でカウンターを出、すとんと貢の横の止まり木に腰をかける。白いシャツの襟元には、今日はなんの飾りもない。白い喉元と鎖骨のくぼみがきれいに浮かび上がって、貢は思わず目をそらしてしまう。

「犯人は、たぶん君も見たことのある人物です。記憶に残っているかはわかりませんが」

「俺も見たことがある……」

「ええ」

止まり木のスツールから左足だけを落とし、ちょうど腰を引っかけるだけの座り方で、鏡宮は貢をのぞき込む。表情自体は静かでいつもと変わらないのだが、瞳だけがきらきらと楽しそうに踊っている。

「そう……いつもこの席にいた」

「あ……っ」

この席……カウンターのほぼ中央。ここにいつも座っていた青年がいた。どことという特徴のない姿だったから、顔もはっきりしないが、鮮烈に覚えていることがある。それは、いつもいらいらと動いていた左手だ。鎌田美由紀がはしゃいだ時に、小銭を叩きつけていったのも左手だったし、鏡宮の姿を見ながら、かちかちとジッポの蓋を鳴らしていたのも左手だった。

「まさ……か……っ」

「逮捕されて、今ほど容疑を認めたそうです」

鏡宮はため息混じりに言った。

「動機は……女性不信……人間不信のようなものでしょうか。バーに一人で来ている女性たちに、自分と同じ孤独の匂いを求めて、拒否された……そんなところですね」

「孤独の匂い……」

一人で行動している人間が必ずしも孤独なわけではない。人には教えたくない宝物……そんなものを感じながら、この店に通っていた人間がほとんどだったはずだ。

「結局、価値観の相違ということでしょう。自分の価値観を相手に押しつけて、拒否されてしまった。ひとつのマイナスがすべてのマイナスではないのですが、彼にとっては自分の人間性すべてを否定されたように感じてしまったんですね」

「人間性の……否定……」

「まぁ……だからといって、人を殺す理由になるとは思いませんが」

鏡宮は静かに言いきる。

「何がどうであろうが、人が人を死をもって裁くことなど、許されないと思いますよ」

「ええ……ええ……」

貢はただうなずくだけだ。

法医学という特殊な科学を専攻していると、人の死に対して鈍感になってしまうことがある。死というものを現象としてしか、捉えられなくなってしまう時がある。

「そう……そうですね……」

痛いところを冷たく鋭い刃物で、ぐさりと突かれた気分だった。

「そう……ですね……」

「どちらにしても」

鏡宮はふっと表情をゆるめた。花びらが開くように、柔らかな微笑みが広がる。しかし、その笑みは少し寂しそうだ。

「少しでも人の心を癒していると思ってやっているこの店が、孤独な心を癒しきれなくて悲惨な事件になってしまった。やはり……僕の力不足ということなのでしょうね」

「鏡宮さん……」

「だから……罪を着せられても、仕方なかったのかもしれません」

「え、じゃあ……」

貢がはっとして顔を上げると、鏡宮が静かにうなずいた。

「美由紀さんに手をけがさせられた彼は、僕の手にも同じ傷をつけた。僕が史と電話で話しているのを聞いた彼は、店が遅く開くことを知って、その時間に菜穂さんを」

「じゃあ……あなたを階段から突き落としたのも……っ」

鏡宮は無言でこっくりとうなずいた。

「そんな……」

「……哀しいですね」

鏡宮がぽつりと言った。

「人の心はわからないけれど……なんだか、とても哀しいですね……」

貢はずっと手にしていたグラスを置いた。貢に向かって、少し斜に座っている鏡宮を正面から見つめる。

「鏡宮さん……」

鏡宮がゆっくりと視線を合わせてくる。彼の瞳は、こうしてまともに見つめると黒目がちで少し潤んで見える。思わず引き込まれてしまいそうな、そんな不思議な魔力を持った瞳だ。

「兄と……同級生だとおっしゃいましたね」

「ええ」

貢の真剣な目に、鏡宮はわずかに微笑んだ。

「高校時代のクラスメイトです。そう……よく考えたら、三年間同じクラスにいましたね」

「……弟がいることは知っていましたか？」

「さぁ……聞いたような気はしますが」

「鏡宮さんっ」

ついに貢は音を上げる。

「俺……っ、あなたのことが好きなんですよ……っ。ここに来たことは偶然でしたけど、一目であなたにみとれて……あなたのカクテルに惚れて……通い詰めて……っ」

「そう……キスもしてくれましたね」

軽く首を傾け、うっとりするほど美しい微笑みを浮かべて、鏡宮は歌うように言う。

「花嵐の中で……」

「鏡宮さん……っ」

「鶏が先か、卵が先か……」

唐突に言われた言葉に、前のめりになっていた貢は思わず止まり木から落ちかけた。鏡宮のすばやい手が、さっと肩先を支えてくれる。そのしなやかな手を反射的につかんで、貢は思わず唇を触れていた。シェイカーを振っている手は、見た目ほど柔らかくはなく、しっかりと固まった感じの手のひらだ。しかし、指先も爪の形もほっそりと美しい。

「史が先か……君が先なのか……それを知りたいんでしょう?」

貢に手を預けたまま、鏡宮はおっとりと言った。

「史を知っていたから、君を受け入れたのか……」

貢は唇を噛んだまま、無言でうなずいた。兄の史は、いろいろな意味で貢が目標とする人物だ。彼にはかなわないと思っている。

鏡宮のしなやかな腕がすうっと泳いだ。止まり木から立ち上がり、うつむいた貢の髪をそっと引き寄せて抱きしめる。

「え……」

優しく優しく……眠気を催しそうなほど柔らかな動きで、貢の髪を掻き撫でる。

「信じるか信じないかは……君次第ですが」

耳元に唇を近づけているのだろう。甘くかすれた囁きが近く聞こえる。

「君に会って……君のきれいなカクテルの飲み方や……柔らかな季節の移り変わりを一生懸命に話してくれる姿や……そんなものを見つめて……」

一言一言を抱きしめるように。

「君を待つようになりました。君がドアをくぐってくる瞬間を……僕は待つようになりました」

「鏡宮さん……」

「初めて会った時のことを……覚えていますか？」

貢はそっと両腕を鏡宮の背中に回した。すべすべと冷たいシルクシャツの中に、柔らかな体温を感じる。

「マティニを……作ってもらいました」

「君は……雪か霧のかけらを口に含んだようだと言ってくれましたね」

鏡宮の指がふと止まった。貢のこめかみから頬へと両手を滑らせていく。ぴたりと視線が合った。

「その一言で……僕は恋に落ちました」

　バーの後ろには、ひとつだけ部屋があった。ベッドと小さなアンティークのテーブルセットだけのごくこぢんまりとした部屋だ。それでも、しっとりと優しい……鏡宮の持っている雰囲気がそのまま表れている部屋だった。

「ここには……住まないの？」

　ほっそりとしたしなやかな身体を抱きしめながら、貢は囁いた。

「あなたそのままの……部屋だ」

「ラブアフェア用の部屋ですから」

　いたずらっぽく笑い、鏡宮はさらりときわどいセリフを吐く。ぎょっとして身体を起こしかけた貢の胸に顔を埋めながら、くすくすと笑い続ける。

「冗談ですよ。この部屋に……ベッドに他人を入れたのは、君が初めてです」

　飲み干したジン&イットが今ごろ効いてきたのか、体温がじりじりと上がっていくのを感じる。触れ合った素肌がしっとりと汗ばみ、ひとつのもののように馴染んでいく。今更ながら、人の肌は暖かいと思う。触れただけで身体の芯までふうっと伝わってくる熱、柔らかみ……それはどんなものでも代用できないと思う。この甘やかな感触は。最初はそっと触れるだけだった口づけも、体温を分け合ううちに深くなっていく。吐息を奪い合い、舌を絡め合い、どこまでも相手を貪りつくす。

「もし……」

繰り返される口づけの合間……ほんのわずかなインターバルに、鏡宮が囁いた。

「僕が……本当に人を殺していたら……」

首筋に顔を埋める貢の髪をきつく抱きしめながら。

「君は……どうしましたか……」

「それでも」

耳の下の柔らかな肌に薄赤く所有の印をつけながら、貢は真摯に囁きを返す。

「それでも……構わない。あなたは……あなただと思うから。初めて会った時から……俺はあなたに取り込まれてしまっている」

この白い肌が血に塗《まみ》れていたとしても。

「……ん……っ」

引き込まれずにはいられなかった。あの幼い日に見た夜桜のように。怖いほどの美しさと儚さに、後ずさりながらも惹きつけられていった。

細い腰を引き寄せると、白い胸がしなやかに反り返る。まだ柔らかな胸元に軽く歯を立てながら、貢は強引に鏡宮の中に沈み込む。

「待っ……っ」

微かな悲鳴。一気に跳ね上がる鼓動と体温。一瞬、すべてが動きを止める。時間も空気も風も……何もかも。じりじりと昇りつめてきた身体と心のボルテージがピークに近づいていく。

「あ……あ……っ！」

「う……」

押し出されるように漏れる高い声。引き絞られる低い声。そのどちらが自分のものなのか、もうお互いにわからない。あとはただ、流されるままに堕ちていくだけだ。一気に、深い深い闇の底へと。

「ああ……っ！」

一瞬走りすぎた白い幻。駆け抜けるそれを追う間もなく、二人は共に堕ちていく。

ひとつのところへ。


「俺……聞いてない気がするんだけど」

アンティーク調のベッドに座り、貢は照れ隠しにタオルでごしごしと髪を拭いている。

「……何を」

バーの方に行った鏡宮が戻ってきながら、少し首を傾げた。シャワーを浴びた髪はまだ濡れたまま、柔らかく額にかかっている。羽織っただけのシャツの前が開き、胸にいくつか貢がつけた薄赤い跡がのぞいて、思わず目をそらしてしまう。

「だから……俺と兄貴のこと」

「ああ……」

鏡宮が軽くうなずいた。

「言っていませんでしたか？」

「言ってない」

だだっ子のように言い募る貢を、鏡宮はくすくす笑いながら眺めている。

「言いましたよ。君に一目惚れしたって」

彼は両手にカクテルグラスを持っていた。それをことりとナイトテーブルに置く。

「史と君がもしかしたら兄弟じゃないかと思ったのは、君の名前を聞いてからです。明田……という姓はそれほどあるものじゃないですから」

薄く露をまとったグラスには、琥珀色のカクテル。ぱっと立つレモンの香りの後ろに、深いブランデーの香り。

「これ……は？」

見上げる貢に、鏡宮はふんわり微笑みかけ、その手にグラスを握らせた。自分もひとつを取り、軽くカチンとぶつける。

「店ではオーダーがあっても作りません。カウンターで飲むものじゃありませんから」

「え……」

すっと唇が近づき、グラスを手にしたまま、カクテルではなく互いの吐息を一瞬味わう。

「ビトウィン・ザ・シーツ」

ベッドの中で。

甘いカクテルの名を囁いて、鏡宮は軽くグラスを目の高さに掲げて見せた。

「君のために」

エピローグ

誰もいない公園。月さえ姿を隠した春の宵。白い裳裾を翻し、桜はほろほろとその命を散らす。しがみつくこともなく、ただ潔く。

「やぁ……」

ふっと闇に浮かび上がる姿があった。白のシャツ、黒のトラウザース……ほの白い小さな顔。

「もう……いってしまうんだね」

応えるように風が吹く。さざめく枝。降り注ぐ花雫。ほろほろと。ただほろほろと。

「さようなら……」

そして、彼はゆっくりと歩き出す。軽く左手を挙げ、さっと軽く振りながら。

その後ろ姿に再び風が吹いた。枝を木々を揺するほどの激しい風。桜が最後の命を散らす。息苦しいまでの花嵐に包まれて、その華奢な背中は消えていく。

一度も振り向くことなく。

ブラディ・メアリをもう一杯

ACT 1

『平成〇年三月十五日　開始時刻　午前十一時　終了時刻　午後一時二十五分
外部所見　喉頭部に横断する索状痕を認める。右手掌に擦過傷。同手背に微かな皮膚剥離を認める』

パソコンの画面が無機質に文字を映していく。

『内臓所見　胃内容物　混濁液のみ百cc。潰瘍等の病巣認めず』

「明田《あけた》検死官」

背後からかけられた声に、パソコンのキーを叩いていた明田史《ふひと》は、ゆっくりと顔を上げた。

涼しげに整った端正な容貌である。僅かに乱れ落ちる前髪を指先でかき上げながら、彼は声をかけてきた婦警に視線を送った。

「俺？」

「はい。交機の高瀬《たかせ》警部補からです」

「交機？」

史は椅子を滑らせ、渡された受話器を取った。

「はい、検死官室明田です」

『ああ、明田検死官、交機の高瀬です。ええと、交通事故らしいんですが、臨場していただけますか』

「はい?」

聞き取りにくい携帯電話の声に、思わず眉を寄せながら、史は首を傾げた。

「交通事故……ですか?」

『ええ。一応そういうことで、交機が出動したんですが……どうも、様子がおかしいんですよ』

交機は交通機動隊の略である。交通事故を含む路上警備関係の部署である。本来であれば、不審死の遺体を検死する史とは、あまり縁のないはずの部署なのだが。

『遺体は道ばたに止まった車の中にあるので、交通の妨げにはなりません。検死官に臨場していただくまでこのままにしておきますので、ちょっと見ていただけませんか』

高瀬警部補の声は、困惑しきっていた。史はすとんと肩を落としてうなずく。

「わかりました。現場は……」

『助かります。西町交差点から南へ一キロほどのところです。交機の事故処理車が止まっているので、おわかりになるかと思いますが』

「了解」

史は電話を切ると、ハンガーに掛けてあったジャケットをとった。それを羽織り、少し考えてからコートをつかむ。

「臨場します。現場は西町交差点近く。場合によっては法医に回りますので、何かあったときは、無線か携帯に」

「はい」

留守番を務めてくれる婦警の敬礼に苦笑で答えて、彼は検死官室を出た。

明田史の職業は、一言で片づけるなら公務員である。実際、何かの都合で職業を書かなければならないときはそのように書いてきたし、それは嘘ではない。ただし、それには注釈が必要である。

彼の正式な職業は警察官である。それも上級I種に合格しているというばりばりのキャリアだ。全てをすっ飛ばして警部補から始まった階級は、現在警視になっている。同期たちは、すでに警視正になっているものもちらほらいるので、昇進は早い方ではない。というより、彼の存在自体が、警察機構の中ではひどく特殊なのだ。

「ああ、遅くなりました」

史はコートのポケットに突っ込んだ手袋を取り出しながら、車を降りた。

「すみません、明田検死官」

すぐに、現場指揮官の高瀬警部補が飛んでくる。年齢は二十代終わりの史よりかなり上だが、階級的には下になる。警察は階級で区切られた縦社会である。

「現場はこっちです。あの……電柱のところ、おわかりになりますか」

「ああ、はい……」

手袋をはめて、史は目の上に軽くその手をかざし、降りかかる陽射しを遮った。

「……自爆ですか」

「ええ……そういう通報でしたし、確かにそうなんですけどね……」

高瀬は妙に歯切れの悪い言い方をして、史の先に立った。

「見ていただければ、私の言うことがわかっていただけると思います」

史は、事故現場の現場検証をしている警官たちの敬礼を受けながら、電柱に衝突している車に近づいた。

車は白いセダンタイプの国産車だった。千六百ccのありふれたファミリーカーだ。それが電柱にほとんど正面衝突の形でぶつかっている。電柱は道路脇にあるものだから、車はかなりの急角度でハンドルを切り、道路をはみ出したことになる。

「……」

史はまずざっと車の周囲を一周した。正面からぶつかったわりに、車は壊れていなかった。確かにフロントグリルは曲がり、ボンネットは変形しているが、いずれもごく軽微で、エンジンにまで損傷は及んでいないものと思われる。廃車になるほどの壊れ方ではなかった。つまり、かなりの低速でぶつかったということだ。

「……これで検死……ですか」

思わずつぶやいた史に、高瀬がうなずいた。

当たり前のことだが、検死官に臨場を依頼するということは、変死体があるということだ。つまり、こんな軽微な事故で死亡者が出ているのである。

「遺体は運転席にあります。どうぞ」

高瀬が運転席側のドアを開けた。史はそこに座っている男の身体を認める。

中年男性……やや太り気味。ハンドルを抱え込む形で倒れ込み、その肩のあたりからしぼんだエアバッグがのぞいている。額と鼻のあたりに擦過創が見えるのも、エアバッグの作動を示している。エアバッグは通常硬質なプラスティック・ケース内に収納されているため、エアバッグが作動して、ケースから飛び出すときに否応なくそのケース自体が顔にぶつかることになる。そのため、額や鼻先に軽い傷ができる場合が往々にしてあるのだ。それ以外に目立った外傷は見られない。

「……ずいぶん静かなご遺体ですね……」

史はぽつりとつぶやいた。

「これは……事故死じゃないですね……」

「え」

高瀬が振り向く。

「本当ですか？」

史は小さくうなずいた。

「まず、先ほども申しましたが、事故はずいぶんと軽微なようです。それなのに、どう見ても、このご遺体はほぼ即死です。事故にあったというのに、車から脱出するための手だてをまったく取っていないことが何よりの証拠です」

史の手袋をはめた指が、かかったままのシートベルトを示す。

「それに……足がアクセルを踏んだままです」

「あ……っ」

確かに、遺体の足はアクセルペダルにのったままだった。もし路肩の電柱にぶつかりそうになったら……普通の人間であれば、まずブレーキを踏むだろう。史は車が走ってきたに違いない道筋を振り返った。乾いたアスファルトの上に、ブレーキの跡はまったく見られない。

「やっぱり、そうですか」

高瀬が我が意を得たりとばかりにうなずく。

「そうなんですよ。最初は居眠りかとも思ったんですが、何より、死んでしまっているというのが解せなくて」

「身元は」

写真が終わっていることを確認してから、史は遺体のシートベルトを外し、検死を始めた。

「免許は不携帯でしたが、車の登録から持ち主がわかりました。ただいま確認中です」

「そうですか……」

史はうなずきながら、遺体の瞼を指先でひっくり返した。

「……溢血点多数か……」

瞼の裏の粘膜に、溢血点と呼ばれる出血が多数見られるということは、明らかな急死である。即死という見立ては当たっていたようだ。

「……身元がわからないということは、持病等もわからないということですね……」

「え、ええ。所持品は一応調べましたが、薬や病院の診察券は見つかっていません」

高瀬はなかなか優秀な警察官らしい。答えにいちいちそつがない。

「……わかりました」

史は狭い車内から長身をねじるようにして脱出した。ふうっとひとつため息をつく。

「何か急性の発作……心臓か脳血管と思いますが……そうしたものによる病死の可能性が高いと思

います。つまり、車の運転中に急病によって即死し、コントロールを失った車が電柱に衝突した……そういう経過をとったものと思われます」

「病死ですか」

「はい、たぶん。まぁ、毒物による自殺や他殺の目もないことはないので、大学の法医に運んで、解剖してもらう方がいいとは思います。連絡は私の方でとりますので」

「了解しました」

高瀬がほっとしたようにうなずく。ようやく事故現場を片づけられるからだろう。史は少し現場から離れ、自分の車に戻ってから、携帯電話をとりだした。

「……県警検死官室明田です。おはようございます」

コール五回で受話器が上がったのは、運が良かった。

監察医務室を兼ねる大学の法医学教室は、おおざっぱな性格の教授のせいなのか、とにかく乱雑だった。その混乱は、どこに何があるのかわからないなどという可愛らしいものではなく、当然そこにあるべきものがないという究極のカオスだった。電話が机の下から現れるなどということも珍しくはなかった。だから、他の研究室にコードレス電話が入ったときも、法医学教室にだけ入れてもらえなかったという経緯がある。コードがあれば、とりあえずコードを引っ張れば本体が出てくるからだ。

「一体解剖をお願いしたいのですが。……ええ、交通事故死と一見見られるのですが、不審な点もありまして。……はい、では、これから伺います」

電話の向こうは、ずいぶんとおっとりとした穏やかな声だった。電話を切ってから、史は考える。あんなに優しい話し方の職員が、あの研究室にいただろうか。あの殺伐とした研究室に。


史は、いわゆるキャリア警察官である。大学院卒業後、国家公務員試験のⅠ種に合格し、警察入りした、いわば幹部候補生である。同期たちはみな出世の階段を駆け上がり、現場で走り回っているのは、たぶん自分一人だと思う。しかし、彼はそのことに関してまったく頓着していない。なぜならば、現場を選んだのは誰でもない自分自身だからだ。

本来であれば、史が職務としている検死官は、十年以上の現場経験を持つ警視以上の警察官が、所定の法医学研修を受けた後に拝命する職務である。それが、わずか入庁三年の史に許されたのはなぜか。それは、彼が大学の医学部を卒業し、法医学教室に所属して学位を取ったという特殊な経歴を持つためである。

誰もが嫌う検死作業を進んでやろうという風変わりなキャリア警察官……それが明田史に対する周囲の評価である。

史が、遺体と共に母校の医学部に到着したのは、事故現場に臨場してから二時間後のことだった。

「遅かったですね」

顔見知りの事務員が、小さく笑いながら迎えてくれる。年齢不詳の彼女は、史が学生の時からここにいる。

「先生、お待ちかねですよ」

「ああ、悪い。遺族の同意をとるのに、ちょっと時間がかかってね」

史はコートをとりながら、ついてきた警察官に指示をして、遺体を解剖室に運ばせる。

「今日は……教授?」

「いえ。新しい助教授の先生です。牧野先生が……急に退官ということになってしまったので」

「ああ……」

史が論文の指導を受けた牧野助教授は、この年明けに急に体調を崩し、長期療養ということになってしまったのだと聞いている。史たちが依頼する司法解剖は、法医学教室の助教授以上が行うという法令上の縛りがあるため、長期に渡って、助教授が不在になるわけにはいかない。牧野はその辺を思いやったらしく、早々に辞表を提出して、退官したのだ。

「新しい先生って……」

「ああ……ご遺体到着したの？」

監察医務室の受付にかがみ込むようにして、ごそごそと低い声で話し合っていた二人の上から、おっとりとした優しい声が降ってきた。

「あ、すみませんっ、小暮《こぐれ》先生っ」

〝この声……〟

男性にしてはずいぶんと柔らかい……聞きようによっては、間抜けとも思えるほど緊張感のない話し方は、確かに電話で聞いたものだった。史はゆっくりと振り向いた。

「えっと……警察の方ですか？」

小暮と呼ばれた相手は、ずいぶんと小柄だった。解剖のためなのだろう、すでに術衣に着替え、上から白衣を羽織っているのだが、そのルーズなラインがなお、骨細で華奢な感じを増幅して見せる。身長は百七十近く、体格は史より二まわりほど細いだろうか。

「あ、はい。申し遅れました。県警検死官室の明田です」

史はジャケットの内ポケットから、名刺をとりだした。ほとんど使わないものだ。

「……へぇ、警視さんですか。ああでも、検死官なら当然なのかな。お若いけど」

彼はおっとりと言い、額に落ちる柔らかそうな髪をそっと指先でいじった。

「お名前、ふひとさんでよろしいんですか？」

「あ、ええ。よく読めますね……」

史の名前は難読といわれるものである。『ふみと』『ふみ』と呼ばれることがほとんどだ。実の親ですら『ふみ』と呼ぶ。史の名付け親は、国語学者だった祖父なのである。

「風流なお名前ですね」

優しげな白い頬で微笑み、彼は史の名刺を丁寧にポケットにしまった。

「ええと……名刺などというものは、ずいぶん長い間作ってもいないので失礼いたします。僕は、牧野先生の後任でこちらの助教授になりました小暮です。小さい夕暮れに……名前の方はわっかの環《たまき》です。よろしくお願いいたします」

「こ、こちらこそ」

前任の牧野と教授である高橋が、悪夢など見そうもない豪快なタイプであるため、小暮の繊細で優しげな容姿と雰囲気は、何となく異質だった。

「小暮先生、解剖の準備できました」

史とは、やはり顔見知りの助手が軽く会釈しながら、声をかけてくる。

「はぁい。じゃあ、明田さん。後は歩きながらお話を伺いましょうか」

「ええと……許可状なしですね。事故死ということで、行政解剖になるのかな」

小暮が確認する『許可状』とは、裁判所からおりる『鑑定処分許可状』のことである。これがないと、犯罪に関係する『司法解剖』はできない。

「はい。事故死と病死の鑑別をしていただくということで」

史の答えに小暮はうなずくと、すでに助手によって裸にされ、写真撮影も終わっている遺体に向かった。両手を軽く合わせて、一礼する。

「それでは、始めます」

小暮は淡々とメスをとり、解剖を始めた。解剖は体幹部からだ。

〝これは……〟

一瞬、史は息を飲む。

華奢に見えた小暮の腕には、恐ろしいほどの力があるようだった。メスは全て一度の通過で皮膚や脂肪組織を断ち切り、切り直しはまったくない。それでいて、臓器や筋組織はまったく傷つけない。まるで、メスの先に目がついているようだ。

「肋骨部……fractureなし……。胸郭変形見られず……」

胸を開くと、今度は内臓系に入る。

「……aortaに粥状変化軽度……。hertz……中程度肥大……」

臓器を取り出しながら、小暮は聞き取りやすい口調で、ゆっくりと所見を述べていく。

「liver……fatty……goldbladderにstone……」

体幹部を開き終え、臓器を全てとりだして、解剖は頭部に移る。

「……あれれ……」

解剖中にはやや不似合いと思われる声が、小暮から漏れた。鋸で頭蓋骨を開き、脳を露出した瞬間だった。

「明田さぁん」

「あ、はいっ」

唐突に名前を呼ばれ、史はびっくりして目を見開いた。

「病死じゃないかって言ってましたよね」

「は、はい……心疾患か脳血管疾患か……」

「大当たり。こっち来ます?」

「はい」

解剖室は解剖台の上に水を流しっぱなしにしているため、足元が悪い。水をはねてしまわないよう気をつけながら、史は小暮のそばに近づいた。生々しい血の匂い。

「……これ、わかりますよね」

手袋に包まれたほっそりとした指が、すうっと開いたばかりの脳を示した。

「……SAH……でしたか」

くも膜下出血である。脳血管の動脈瘤が破裂して、発症する場合が多い疾患である。破れたところがよければ、マヒもなく完治するが、運が悪ければ、即死してしまうこともある。

「……脳底動脈瘤破裂……頭蓋骨骨折なし……脳挫傷なし……」

小暮の言葉は、遺体の死因が明らかに病死であり、交通事故とはまったく関わりがないことを証明していた。

「ということで、よろしいでしょうか」

小暮は淡々と言った。マスクと帽子の間からのぞいている目は、ずいぶんとはっきりした二重で、瞳自体が大きい……いわゆる黒目がちの目だ。これで目が丸かったら、ずいぶんと可愛らしい印象になってしまうのだが、すうっと切れ長の上、少しつり気味なので、意外なほどシャープな印象である。

「検案書は、今の所見で作りますので」

「はい、ありがとうございました」

間抜けなほどおっとりとした口調と優しげな容姿、柔らかな物腰。しかし、法医学者の端くれであった史の目から見て、小暮はとんでもなく優秀な法医学者であった。それは、手際のいい解剖テクニックと曖昧さのまったくない所見の出し方でわかる。

〝この人は……〟

解剖は最後の段階に入っていた。控え室で待っている遺族との対面のために、遺体の形を整えるのだ。

〝すごい……人だ……〟

史は丁寧に一礼すると、解剖室を出た。

史は検死官室に戻ると、さっそくパソコンの画面を開き、今の検死結果をデータベースに取り込んだ。昔はメモとファイルに頼っていた仕事の記録も、今は全てコンピュータで管理されている。いずれ、検死などという仕事もなくなり、全てマニュアルで判断するようになるという見方も、一部にはあるらしい。しかし、史に言わせれば、警察の仕事はマニュアルで片づけられるものではないと思う。いや、片づけてはいけないものなのだ。やはりそこには、経験と人間の感情というものが介在すべきだと思う。人が人を断罪する以上、そこに機械的な判断が介入すべきではないと思う。これが史を『変わり者のキャリア』にしている考え方である。

「コーヒーどうぞ」

「ああ、ありがとう」

秘書代わりについてくれている婦警に、史がにこりと笑い返したとき、検死官室の電話が無粋な音をたてた。

「はい、検死官室明田です」

『あ、明田警視。お忙しいところ、申し訳ありませんっ』

電話の声は、死体検案書を受け取るために、大学に置いてきた警官のものだった。

「どうした?」

『あ、あの……っ、先ほどの事故なのですが……』

所見でも変わったというのだろうか。史は眉をひそめる。

「何か変わったことが?」

『い、いえ……あ……っ!』

電話の向こうで、何か大きな音がした。

『こ、小暮先生……っ』

微かに受話器に届くのは、解剖助手の悲鳴だ。

「すぐ行く」

警官の答えも聞かないまま、史はコートをつかんで、検死官室を飛び出していた。

公用車をいい加減に突っ込んで、史は車から降りた。コートを翻し、医学部の研究棟に踏み込んでいく。

「あ……っ」

薄暗い通路に踏み込むと、すぐに制服警官が足音に振り向き、さっと敬礼した。

「ご足労おかけいたしますっ」

「いったいどうしたんだ」

「は、はい……あの……っ」

「ですから、何度言われても、答えは変えられません」

奥の監察医務室が何やら騒々しい。何人もの人の声が錯綜する中に、ぴんとひとつだけクリアに響く声があった。

「口はばったいようですが、真実はひとつしかないんです」

「そりゃ、あんたは正義を振り回してりゃそれでいいだろうか、こっちは生活がかかってるんだっ」

怒鳴り返す声に、史は警官を振り向いた。

「はい」

警官は再び敬礼をし、口を開く。

「さっきの解剖のご遺族です。どうも……詳しいことはよくわからないのですが、小暮先生の解剖の結果が気に入らなかったようで……」

「気に入らないって」

史は思わず目を丸くする。

「仕方ないだろうが。もう一度死に直すことはできないわけだし」

「はぁ……」

「正義なんて振り回す気はありませんよ。そんなものに興味はない」

また、小暮の声が聞こえた。史は警官に軽く手を上げてから、ゆっくりと監察医務室に向かう。

そっとドアを開くと、中は騒然としていた。

小暮と助手が壁を背にして立ち、それをぐるりと取り囲むようにして、ざっと数えて十人近い人間がいた。いずれもなかなかに殺気立っている。

「何をどう言われようが、結果は結果です。後は私の関知するところではありませんので」

小暮はおっとりとした表情を変えていなかった。軽く肩をすくめ、脱いでいた白衣を羽織る。

「あ、あなたには血も涙もないんですかっ」

ヒステリックに喚くのは、女の声だ。

「急に一家の大黒柱に死なれて……っ、どんなに大変か……っ、そういうことを思いやろうとは思わないんですかっ」

「別にそれほど無理を言っているとは思わないんですがねぇ」

今度は媚びるような男の声。

「殺されたのを病死にしろって言ったら……それは犯罪ですよ。そんなことは素人にだってわかります。そんな無理を言おうってんじゃない。ただ……車で電柱にぶつかって死んだんだから事故死と……そう書いていただけばいいんですよ。そうすれば、ちゃあんと保険もおりて、残された家族も安泰だ。何か、無理をお願いしていますか？」

「だから」

小暮は軽いため息をつきながら、白衣のポケットに手を突っ込み、煙草をとりだした。その箱をくるくると指先でもてあそぶ。いかにも退屈そうだ。

「そんなことは、私の関知するところじゃないと言っているでしょう。解剖した相手が、生前どんな保険に入っていたかまで考えて、解剖所見を書く法医学者はいない。私は、見たままを検案書として書くだけです。あの方は病死。それが事実です」

「あんた……これほど頼んでも……っ！」

その瞬間だった。

「……っ！」

テーブルに乗っていたカップや灰皿が払い落とされ、大きな音をたてる。女たちの悲鳴が広がる。

「小暮先生っ！」

史は人垣を突き飛ばすようにして、前に進み出た。

「いてて……」

口元に滲んだ血を指先で拭いながら、小暮がゆっくりと身体を起こした。壁に叩きつけられた頭を軽く振ると、さらさらとした前髪が額を滑る。

「大丈夫ですか？」

史が思わず差し出した手を、彼は苦笑でとどめた。殴られた頬が痛むのだろう。わずかに顔をしかめる。

「……傷害の現行犯で逮捕しようか？」

警察手帳を開いて突き出しながら、史はゆっくりと振り向いた。

「それとも、公文書偽造の強制か？」

「け、警察……？」

小暮を殴った男がじりじりと後ずさりする。他のものも同様だ。女たちはすでにこそこそと逃げ

「残念ながら、今回の解剖には私が立ち会っている。県警の明田だ。所見は全て、直接先生から伺っている。今さら、検案書を書き換えたって無駄だ。以降、先生に失礼があったら、そのときは脅迫容疑で逮捕する」

低い声で言い放ち、じろりと鋭い目で睨み上げると、遺族は逃げるように監察医務室を出ていった。

「……大丈夫ですか」

「あ、ええ」

小暮は肩をすくめると、ひょいと身軽に立ち上がった。ぱたぱたと白衣の埃を払い、何事もなかったように煙草をくわえて、火をつけた。

「……しばらく熱いコーヒー飲めないかなぁ……」

「せ、先生……」

壁によりかかり、小暮はのんびりと煙草を吸い始めた。史の方があっけにとられる。

「ああ、明田さん、なかなかドスが利いてましたよ」

くすくす笑いながら言われては、返す言葉もない。

「やっぱり、ああいうところは警官ですよねぇ。軟弱な研究者とは、迫力が違うものねぇ」

史は軽くこめかみのあたりを押さえながら、ため息をついた。

「……わかってますか？　先生、殴られたんですよ」

「うん、わかってるよぅ。煙草も案外しみるもんだね」

「そういう意味じゃなくて」

研究者という人種においては、一般常識から外れた言動が間々見られるものだが、この小暮の浮世離れの仕方は、その域を超えているように思えてならない。

「……いったいどうしたんです？　まぁ……何となく想像はつきますが」

「たぶん想像の通りだよ」

くすっと小さく笑って、小暮はまた顔をゆがめた。助手が慌てて救急箱を持ってくる。

「ああ……消毒くらいしとこうか。雑菌が入ると困るからね」

何せ死体をいじった後だ。ちょっと顔をしかめて、ハイポエタノールで消毒すると、小暮はぽいと無造作に綿球を捨てた。

「……あの人、いわゆる生命保険にまったく入っていなかったらしいんだよ」

「は、はい？」

唐突に話が戻って、史は目を白黒させてしまう。

小暮の頭はデュアルな構造になっているらしい。彼の中では、きちんと話は繋がっているのだ。

「入っていたのは、傷害保険っぽいのだけ。掛け金のすごく安いね。だから、病死だと保険金がおりないんだよ。事故死なら、とりあえず保険の対象内らしいね。まぁ……といっても、千万単位のお金がおりるわけじゃなさそうだけど。僕も詳しいことはわからない。興味もないから」

さらりとうそぶいて、小暮はふっと紫煙を吐き出す。どこか少年じみた華奢な体つきだが、整いすぎるほど整った端正な横顔に、紫煙のヴェールはよく似合う。

「しかし……それで先生を殴りますか……？」

「血の気の多い人だったんじゃないの？　まぁ、こういうのは初めてじゃないし」

さらりとすごいことを言う。史はぎょっとして、涼しい顔の法医学者を見つめた。小暮は相変わらず、きれいなポーカーフェイスを見せているだけだ。

「生と死は人生最大のドラマだからね。それこそ、何でもあり」

「先生……」

「ちがう？」

ちらりと笑って、小暮はきれいにウインクして見せた。

史が今まで見たこともないほど、見事に美しく。

ACT 2

さまざまなアンケートや自己紹介文、時には見合いの釣書……そんな場で『趣味』を聞かれたり、書かされたりするのを、史は何よりの苦手としている。

「趣味ねぇ……」

ため息をつく史に、弟の貢《みつぐ》がいつも混ぜっ返す。

「趣味、検死って書けばいいじゃん。あ、死はまずいか……じゃあ、人間と犯罪の関わり合いについての科学的アプローチとか……」

「……そういうの、趣味っていうのか?」

趣味だったはずの法医学が、医学部に合格し、それを専攻すると決めたときから仕事となってしまった。なぜ自分がこれほど法医学に惹かれるのか、史はよくわからない。強いて言うなら、そのフィールドの広さだろうか。法医学は医学から化学、物理学、心理学、社会学の範囲にまでそのフィールドを広げる、『社会医学』といわれる分野である。その世界観の広さに、ある意味惹かれているのかもしれない。

「趣味ですか……」

史のちょっとしたぼやきに答えたのは、カウンターの向こうにいるバーテンの水原《みずはら》だった。

店の名は『ノワール』。その名の示すとおり、黒で統一された店内がシックな、カウンターのみのカクテルバーである。

「そう……私も趣味が仕事になってしまったクチですから、改めて趣味といわれると少し困りますね」

リネンで丁寧にグラスを磨きながら、水原は静かな口調で言った。ぴしりとプレスのきいたシャツに、蝶タイと赤のベストというお仕着せが似合う物静かなバーテンダーだ。年齢不詳だが、恐らく二十代終わりの史より、かなり年上であることは間違いないだろう。

「店が休みのときも、やっていることといえば、新しいオリジナルのネタ探しのようなものですからね。陶芸をやるのも、彫金をやるのも、華道をたしなむのも、みんなカクテルのためですから……純粋な趣味なんてないのかもしれません」

「でもさ、水原さんの場合は、まだ趣味っぽいじゃない。俺なんか、休みの日でもやっていることといえば、死因の分析とか……そんなのばっかり。殺伐としたもんだよなぁ……」

手元にある見事なグラヴュールのグラスを眺めながら、史はため息をついた。

指紋ひとつなく艶やかに磨き上げられたクリスタルのグラスには、繊細な葡萄の蔓が彫り込まれていた。

この店で使っているグラスは、全て高価なものばかりだ。バカラにラリック、ローゼンタール、マイセンクリスタル……自宅ではとても使えないような高価なグラスは、やはりひんやりと滑らかな口当たりが、そこらへんのものとはまるで違う。こういうものも含めて『カクテル』というのだと、史はこの店で教えられた気がする。

「マティニ、もう一杯ください」

「かしこまりました」

ビーカーめいたミキシンググラスがカウンターの内側に用意された。バーテンダーの手入れのよさを示すように、グラスもストレーナーもバースプーンも一点の曇りもない。ドライジンにドライベルモット、オレンジビターズ。『ノワール』のレシピはかなりドライだ。氷と共にステアされたカクテルは、最後の一滴までぴたりと冷やしたグラスにおさまる。メジャーカップを使っているところなど見たこともないのに、水原のカクテルはいつも計ったようにぴたりと同じ量だ。

「マティニの切れ味をより鋭くする方法、ご存じですか?」

史が、すぐに水滴をまとい始めたグラスを手にしたとき、薄闇の中からふんわりと声が飛んできた。

「え……?」

『ノワール』は決して明るい店ではない。それぞれのスツールの前に小さなスポットが灯され、カクテルの色と輝きを楽しむことはできるが、客がお互いの顔を充分に確認できるほどに光量はない。

「だから、ドライじゃなくて、切れ味を鋭くする方法。すっぱりと……喉が裂けるくらいにね」

物騒な言い方をして、くすくすと笑う。やや高めだが、間違いなく男の声だ。語尾が甘く掠れるのが、どきりとするほど色っぽく聞こえる。同性の声にこんな反応をするのもおかしいと思うが、そうとしか感じようがないのだ。背中から腰にかけて、何か冷たいものがするりと滑り降りていく感触。

「……喉が裂けちまったら、酒は楽しめない」

グラスのステムに軽く触れながら、史は答えた。

「俺はこれで充分だけど」

「そう？　どうせ楽しむなら、行くところまで行ってしまえばいいのに」

まだくすくすと笑いながら、声の主は言う。すうっと白い手が闇から滑り出て、黒く塗られたカウンターに置かれた。その異様なコントラストに、史は思わず息を飲む。ほっそりとした美しい手だ。節がはっきりしているところはさすがに男の手だが、先細りの指が長く、爪の形もきれいだ。解剖などをさんざん見ているせいか、そうした身体のディテイルにすぐ目がいってしまうあたりは、やはり職業病のようなものだろうか。

「刃はね、鋭い方が痛くないんだよ。だから、すっぱり切れてしまった方が……絶対に痛くない。もしかしたら……自分が死んでしまってもわからないくらいかもね」

するりと指先が伸びて、コースターが鮮やかにひっくり返される。その手際は、まるでクロースアップのマジックだ。

「……シュールだね」

マティニを一口含んで、史は言った。

「首が落っこちてもわからないわけだ」

「そういう話も聞いたことあるけどね」

声の主はくすくす笑い続けている。

「昔のフランスの処刑なんかではね、そんなのあったらしいし」

史はゆっくりと振り向いた。

この声の主は、どうも普通の人間ではなさそうだ。

「……変なことに詳しいな」

「そう？」

薄闇を透かす。あまり視力のよくない目を細め、そこにある人の姿を探る。

「そんなに……おかしい？」

彼がほんの少しだけ身体をこちらに向けた。ほの白い顔がすうっと浮かび上がる。

〝え……っ〟

どこをとっても完璧なラインで形作られた美貌……細い指先……どこか少年じみた華奢な体つき。

「まさ……か……」

禁欲的なまでにきっちりと喉まで覆うスタンドカラーのブラックシャツを、ブルーの術衣に替え、白衣を羽織らせたら……。

「僕の顔に何かついてます？」

史は、自分の記憶力にはかなりの自信を持っている。特に人の顔を覚えることは、たぶん受験勉強の次くらいに得意だと思う。どうやら人の顔をパーツで覚えるらしく、まず特徴のある部分が頭に浮かんで、そこを足がかりに全ての記憶が繋がるといった感じだ。

その顔は二つとないほどに端正で美しかった。どこをとっても絵になる……すうっと切れ上がったくっきりとした二重瞼も、宝石を思わせる薄茶の瞳も、細く通ったまっすぐな鼻梁も、薄くすっきりとした唇も……誰もがうらやむ完璧な造作だ。こんな顔がそうそういくつもあるわけがない。

「……小暮……先生……？」

史の掠れ気味の声に、すうっと形のよい眉が上がる。

「確かに、僕は小暮環だけど？」

いぶかしげな語尾。さらさらと指先でかき上げる髪。

「僕を知っているの？」

さらりと吐き出された言葉に、史は心臓が止まるほどに驚く。

〝覚えて……いない……？〟

史が小暮と会ったのは、まだほんの数時間前のことだ。しかも、あれほど印象的な出会い方をしているというのに、抜群の頭の切れを誇る法医学者の記憶の中に、史はいないのだろうか。

「あ、あの……」

「ごめんね。あなたみたいにハンサムな人なら、忘れないはずなんだけどね」

小暮は相変わらずくすくすと笑っている。

「大丈夫……今度はちゃんと覚えたから」

ぎょっとしたまま固まっている史を、彼はおもしろそうに見つめている。きらきらと黒目がちのきれいな瞳が笑っている。

「まぁ……いつまで覚えてられるかわからないけど。記憶の糸って、簡単に切れちゃうからねぇ」

「記憶の糸って……」

「こんぐらがるのもありだし、結ばれてしまうのもあり。めんどくさいよねぇ」

ますます、わからなくなっていく。グラスのステムに雫が伝うのも気づかず、史は小暮を見つめ返す。

「……ま、いっか」

しばし見つめ合った後、小暮はさらりと言った。前に置いてある銀のカクテルグラスに、すっと視線を落とす。淡く露をまとい、白く曇る月色の肌。

「話を元に戻そうか」

指先で雫をもてあそびながら、小暮はひどく楽しそうな口調で言った。

「カクテルですっぱり喉を切る方法……じゃなくて、マティニの切れ味を増す方法」

「ああ……」

ようやく我に返り、史は目をぱちぱちと瞬いた。

「……ウォッカマティニ……じゃないんですか？　ジンの代わりに……ウォッカを使う……」

「へぇ……」

小暮がすうっと口元をゆるめた。その瞬間、史はどきりと胸のあたりがうずくのを感じた。

〝な……っ〟

禁欲的で端正に整った容姿が、その一瞬に崩れた。ちょうど、きんと固く凍っていた氷がグラスの中で崩れるように。からりと澄んだ音をたてて、雫をこぼしながら崩れるように。

「はい、正解。というわけで……一杯おごらせてもらおうかな」

小暮がちらりと視線を走らせるだけで、バーテンダーの水原がカクテルを作り始める。ウォッカマティニは相当に強いカクテルだが、水原は史のアルコール許容量を知っている。このぐらいなら大丈夫と判断しているのだろう。

「……お待たせいたしました」

ことりとグラスが史の前に置かれた。色合いも雰囲気もほとんどドライマティニと変わらないが、一番大きな違いはジン特有の匂いがないことだ。ウォッカは上質のものほど匂いがない。口にすると、きんと頭の芯がしびれる感覚が襲ってくる。確かに……切れ味は抜群だ。

「……どう?」

するりと滑らかな声が忍び込んでくる。

「喉切れそうでしょう?」

カウンターに肘をつき、史を見つめていた小暮が言った。微かにため息を含んだ柔らかい声。

「精神的な自殺ができそうだよね」

「精神的な……自殺?」

「そう。身体を殺しちゃいけないでしょ? だから、一瞬だけ心を殺すの。すぱっ……てね」

くすくすと甘く笑いながら、彼は言う。

「ショートカクテルには、そういう力があると思わない? 一瞬で飲み干して、一瞬だけ心と身体を投げ出す……そんな刹那的なものがさ」

「……ずいぶんと哲学的ですね」

スーツのポケットから煙草のパッケージをとりだし、史はとんっとカウンターに底を叩きつけて一本抜き出した。軽く顔を傾けて火をつけると、その前にすうっと白い手が伸びてきた。

「一本いい？」

小暮だった。すっとコロンか何かの甘い香りがして、彼がすぐ隣のスツールに移ってきたことがわかった。

「ええ。煙草も慢性的な自殺だって言いますからね」

「言うね」

すんなりと長い指が煙草を抜き出して、くわえた。火を貸そうとする史の手を押さえて、小暮は軽く顔を傾け、史のくわえている煙草に自分の煙草の先を触れさせる。ぱちりと小さな火花が落ちて、火が移った。

「……ありがとう」

さまになる仕草でふっと紫煙を吐いて、小暮はちらりと微笑んだ。

「どういたしまして」

確かに、顔かたちは間違いなく小暮環だ。しかし、どこかが明らかに違う。史はゆっくりと煙草をくゆらせながら、思考の網を張り巡らす。

昼間に会った小暮は、のほほんとした柔らかい雰囲気を持っているものの、その内側には、恐ろしいほど切れのいい知性を隠し持っていた。いわゆる学究肌というものなのだろう。どこか浮世離れのした、俗世の垢にまみれない清冽な雰囲気があったのだ。

しかし、今の小暮は違う。触れれば切れそうな知性は変わらない気がするが、それを包んでいるのは、おっとりとした優しいものではない。夜の底の底にある暗く熱っぽい澱……さらさらとした澄んだ流れの底にある重い淀み……そんな夜の匂いが、彼の端正な横顔を包んでいた。昼間の彼からは感じられなかった甘く重いトワレの香りは、白く頭を垂れる百合の香りだ。

小暮はウォッカマティニをオーダーしていた。水原の微妙な表情から、その強いカクテルを小暮がかなりの量飲んでいることが知れる。水原はカクテルで泥酔することを嫌うバーテンダーだ。自分の腕に自信を持っているから、カクテルの味がわからない状態で飲んでほしくないのだ。

「……大丈夫」

小暮は水原の顔を見上げて、くすくすと笑った。

「あなたの腕がおいしいから、飲ませてもらってる。味がわからない酒は、量飲めないもんだよ。少なくとも、僕はね」

「……失礼いたしました」

静かに答えて、水原はミキシンググラスを用意する。

「……もうひとつ、クイズを出してみようか」

ふうっと紫煙を吐き出して、小暮が言った。

「え……？」

史が顔を上げるのに、小暮はふわりと視線を投げて微笑む。

「だから、クイズ。ひとつめはあっけなく解かれちゃったからね。今度は考えないとわからないやっ」

「……酔っぱらった頭じゃ、考えられないですよ……」

史の前にあるウォッカマティニは、最初からすると五杯目のカクテルになる。そろそろ酔いがくる頃だ。

「……酔っぱらってた方が頭の回りがいい人もいるんだけどね。潤滑油っていうの？」

「アルコール依存になりそうだ」

「そう……それはあるかも」

本気とも冗談ともつかない口調で言って、小暮は笑う。

「僕なんか、酒入らないと出てこないからね。そういう人間もいるんだよ」

周囲を見回して、すっと水原が差し出してくれた紙製のコースターを受け取ると、小暮はどこからともなく取り出したペンで、さらさらと何かの図を描き始めた。タッチの軽い描き方だが、線が震えたり、曲がったりということはほとんどない。手元はいたって確かだ。

「……いい？」

小暮が顔を上げた。

「ここに死体がある。もちろん他殺体。傷は……」

バーで始まったいきなりの法医学講義だった。史ははっと姿勢を正す。

「胸を一突き。死因は心臓刺創による失血死」

小暮はとろとろした柔らかい声で、物騒な言葉を続ける。アルコールを入れたせいで体温が上がり始めたのだろう。話しながら、彼のしなやかな指先が自分の襟元のボタンをふたつ、するりと外した。その瞬間、漂う甘い香りがふうっとさらに強くなる。

「創口長は……二・五センチ。上創端は丸みがあって、下創端は鋭い……って、意味わかる？」

ちらりと視線が史を撫でる。話している内容はひどく理性的なのに、その視線と甘い蠱惑の香りは、史の胸を鷲掴みにするほどセクシュアルだ。そのアンバランスにだんだんついていけなくなる。

「え、ええ……」

こくりと一口、すっかりぬるくなってしまったカクテルを飲んで、乾ききった唇を濡らす。

「創底は心臓に達していて……創口から創底までは十二センチ。つまり……」

小暮はペンを取ると、自分の描いた簡単な図にその数字を書き込み、そこを軽くとんとんと叩いた。さらさらと頬に触れる髪を邪魔そうにかき上げ、惜しげもなく桜色の耳元から首筋をさらす。

「この心臓刺創の凶器は、刃の長さが十二センチ以上、刃の幅は先端から十二センチのところで二・五センチ以内の片刃の刃物とされた。この刃物を刃の部分を下にして、胸を前後方向に刺したと……ここまではいい？」

声を出したら、みっともなくうわずってしまいそうで、史は黙って頷いた。

「それで……犯人が逮捕される。公判に入って……凶器の検分が始まったところで、大きな問題が起こった。凶器として認定されたものは、刃渡り十二センチ以上で、先端から十二センチのところの幅が二・七センチの匕首《あいくち》だった。さぁて……この凶器で、前述の致命傷を負わせることは可能でしょうか……？」

するりとコースターを滑らせて、小暮は史を上目遣いにのぞき込む。

「制限時間は……僕がもう一杯ウォッカマティニを飲む間かな？」

「それなら……」

手元のカクテルを飲み干して、史は掠れた声で言う。

「そのクイズの……正解報酬はあるんですか？　そのクイズを解いたら……何かもらえるんですか？」

「え？」

小暮はきょとんと問い返してから、くすくすと笑い出した。

「へぇ……正解報酬か……今までそんなこと言った人いなかったな……」

「今までって……他の人にもこんなことやってるんですか？」

自分だけじゃないのか……何となくおもしろくない。その不機嫌さが顔に出たのか、小暮がおもしろそうにきらきらと目を輝かせるのがわかった。するりと滑らかな指先が伸びてきた。あっと身を引く間もなく、カクテルで冷えた指は史の首筋に触れてくる。

〝……っ〟

「……正解を出した人はいないよ」

すうっと指先は、まるで生き物のように史の頬へと這い上がる。

「だから……報酬もあげてない」

とろりと潤む声。酔っているのかとのぞき込んでも、わずかに目が赤く見えるだけで、指先にも声にも震えはまったく見られない。

〝これは……誰だ……？〟

同じ顔をした別人。同じ皮をかぶった異形の生き物。

「どう……？」

史は自分の方こそ震えている指先で、小暮のひんやりとした指をつかまえた。

「……ものじゃなくてもいいですか……？」

そっとその指先に口づけながら囁くと、小暮はくすくすとくすぐったそうに笑う。まるで高貴な姫のように史に指を預けて、彼はカウンターに身体を伏せる。開いた襟元が乱れて、ミルク色の肌がのぞく。さらにきつくなる百合の香り。とろりと蜜の雫をこぼすほど。

「何でもいいよ……そう……現金以外のものならね」

自分の答えにさらに笑いながら、小暮はうなずく。

「どうする？　目の前ににんじんぶら下げてから考える？　でも、それだと……できなかったときの悔しさが倍加するねぇ……」

「できないと思ってますね？」

カクテルグラスを脇に押しやり、小暮が図を描いたコースターを目の前にして、史はそれを睨みつけた。

刃の幅より狭い傷……そんなものができるのだろうか。

「これは……本当にあった事例なんですか……？」

「さぁ……どうかな」

小暮はふうっと視線を泳がせると、軽く紫煙を吐いた。

「少なくとも、物理的に可能な話ではあるよ。こーんな状態で嘘がつけるほど、僕も器用じゃないからね」

「……こんな状態……?」

顔を上げそうになった史の髪を、小暮のしなやかな指がさらりと撫でる。

「ほら、しっかり考えて。報酬はいらないの? 何でも……あげるよ」

新しくオーダーされたウォッカマティニが、小暮の前に届けられた。ショートカクテルの命は短い。その命が尽きる前に……答えを。小暮の手がグラスをさらった。淡い色の薄い唇がグラスの縁に触れる。きんと冷えたカクテルがその唇に口づけた瞬間。

「……わかりました」

史はぱんとコースターを返した。すっと手を伸ばし、小暮からグラスを奪う。そして、喉がしびれるほど切れ味の鋭いカクテルを一気に飲み干した。

「ポイントは片刃の刃物ですね」

息をつき、史は口元だけで微笑んでいる小暮を見つめた。

「両刃の刃物だと刺入した以上に皮膚が切れてしまうので、刃の幅よりむしろ大きな傷口になりがちです。しかし、片刃の刃物の場合、峰を先にして斜めに刺入すると、峰の当たる部分の皮膚は切れずに伸びるだけなので、刃物を抜いたとき、伸びた皮膚は元に戻って、刃の幅より狭い傷口ができます」

ゆっくりと言い、史は小暮の瞳をのぞき込む。どこかガラスめいた色素の薄い瞳だ。小暮の容姿はいったいに血の気が薄い。人間らしい暖かさや生臭みと無縁な、その硬質な容姿は、どこか浮世離れしている。

「正解……」

くすっと小暮が笑った。その口元に小さな八重歯を見つけて、史はちょっと意外な感に打たれる。完璧な彼の中にある小さなほころびを見つけたようで。

「と言いたいところだけど、八十パーセントの出来かな」

「え……」

小暮はポケットからひょいとカードを取り出すと、カウンターに置いた。受け取った水原がキャッシャーに回す。

「小暮先生……っ」

「先生……なんて呼び方は知らない」

スツールから滑り降り、小暮は素っ気なく言い置いて、ドアに向かってしまう。史は慌てて一万円札をカウンターに投げ出して、その後を追った。

「こ……小暮さん……っ」

闇に溶け込むドアは黒。そっと押し開く手は白い。

「待って……待ってくださいっ」

まるで地に足がついていないかのように、ふわふわと小暮は歩いていく。ふらついているわけではないのだが、その歩き方には安定性がなく、いつ倒れてもおかしくないような気がする。どこか彼の動きはバランスが悪いのだ。

「小暮さん……っ」

「人間の身体には、切れやすい方向と切れにくい方向がある」

ふいに振り向いて、小暮が言った。両手をポケットに突っ込み、ごく無造作に。

「だから、この事例が成立するためには、皮膚割線に直角に刺入したときという限定条件がつくんだよ」

「……っ」

思わず立ちすくむ史に、小暮はあでやかな笑みを見せた。ふわりと開く……大輪の花。

「でも、八割はできたから……少しはご褒美あげようかな」

すうっと滑るように近づいてくる甘く重い花の香り。

「ご褒美……何がいい？」

頬に触れる冷たい指先。淡い瞳にとらえられた自分の姿。

史は小さく息を飲み、こくりと微かに苦いものを飲み下した。

「……何でもいいんですか？」

「身ぐるみ剥がない程度にね」

くすくすと笑いながら、小暮は史の言葉を待っている。

つかみどころのないその存在。彼は本当にここにいるのだろうか。

「……キス……を」

史は掠れた声を絞り出した。

「あなたに……触れたい」

「そう……この答えじゃ、僕はあげられないね」

ふわりと軽く舞う言葉。

「だから、キス……ならしていいよ。それとも、してあげようか……？」

その言葉が足元に落ちる前に、史は小暮の華奢な身体を抱きしめていた。指先はあんなに冷たかったのに、ふんわりと柔らかな体温を持った身体は確かな充実感を持って、史の腕の中に倒れ込む。

それは、とろりととろける甘い感触。

「本当に……」

確かめる言葉は、ふわりと重なった唇に奪われた。まだ微かにベルモットの香りのする唇とその吐息。

「……っ」

追いかける……逃げていく。まるでじゃれるように、重なり合う唇。

アルコールと夜の匂い。ふたつながらの深い闇に飲み込まれて、史は固く目を閉じた。くらりと色を変えていく世界を見てしまわないように。認めてしまわないように。

ACT 3

史の仕事は、基本的には現場で、大まかな捜査の方向づけをすることにある。変死体を検死して、自殺、他殺、事故死、病死のいずれかを見きわめ、さらには死亡推定時刻から死因までを探る。そこまでがいってみれば公的な仕事であり、大学の法医学教室で行われる解剖に立ち会う必要は、基本的にはない。司法解剖は二から三時間かかり、それに最初から最後まで立ち会うためには、相当な時間的余裕がなければならないからだ。しかし、検死官の絶対数は少なく、仕事に忙殺されていることが多い。史もその例外ではなかった。

「ご苦労様です、明田検死官」

史がジャケットの裾を翻しながら、解剖室に向かおうとすると、すでに遺体を運び込んでいた警官が敬礼で迎えた。

「もうじき、解剖が始まるようです」

「ありがとう。今日は私が立ち会いますので、引き上げていただいて結構です」

史は外していた手袋を再びはめ、ジャケットを脱ぎながら言った。

「もし、私の仕事が入りましたら連絡しますので、お願いします」

いつでも、史の言葉は丁寧だ。いかに階級が下といっても、史の中では、年上の人間をぞんざいに扱うことはできない。このあたりでも、変わっているとよく言われる。

「はっ」

制服警官はさっと敬礼すると、小走りに外へ出ていった。外はちらちらと小雪が舞い始めていた。時は三月の末。遅い遅い淡雪である。

「春まだ浅き……象牙の塔か」

ぼそりとつぶやくと、彼はドアを開けて、解剖室の手前の監察医務室に入った。

「失礼します」

「ああ……ご苦労様です」

「……っ」

ふわっとした笑みで迎えてくれたのは、小暮だった。術衣の上に白衣を羽織り、壁によりかかって、静かに煙草を吸っている。

「し、失礼しましたっ」

史は訳もなくどぎまぎしてしまう。

「も、もう、解剖に入られていると思っていたもので……っ」

「ああ……まだ写真を撮っているところなので」

遺体解剖の前には、必ず着衣を全て取って、写真をくまなく撮らなければならない。解剖前の身体の状態を正確に記録しておくためだ。執刀医である小暮は、その助手の仕事が終わるのを待っていたのだ。

「水死体はね、外的変化の記録が大事って……こんなの釈迦に説法でしたね」

小暮はおっとりと笑った。

今日、史が臨場を依頼されたのは、埠頭に流れ着いた水死体だった。外的変化の大きい水死体は、死亡推定時刻や死因の特定がしにくい。通常の検死だけでは、事件性があるかどうかわからないため、解剖を法医学教室に依頼したのである。

「とんでもない。どうも……水死体は苦手です。引き上げるときに傷もつきがちですし」

「そうですね。物理的に損傷しがちですね」

小暮は静かな口調で言った。

「でも、さっきちらっと見た感じでは、よく保存されていた方でしょう。表皮の剥離もほとんど見られないようでしたし。巨人顔貌も見られませんでしたね」

〝何か……違う……〟

史は話しながら、小暮の表情や口調をずっと追っていた。そして、自分の中に残っているあの夜の小暮とひとつひとつ比べてみる。

〝こんなに……静かな雰囲気だったろうか……〟

〝声は……もっとハスキーな感じだったような……〟

〝何か……雰囲気が違う……〟

ぼんやりと見つめる史に、小暮は小さく首を傾げた。

「……明田警視？」

「あ、ああ……すみません。ちょっとぼんやりしてしまって……」

「お仕事お忙しいですか？」

小暮はすっと顔をそらして紫煙を吐いた。微かな花の香りは、ごく軽い煙草のようだ。

「ええと……一週間ぶりですか。この前の解剖以来ですね」

〝え……〟

「おかげさまで、あの遺族、あれから何も言ってきませんよ。明田警視の脅しが利いたようです」

「は、はぁ……」

「今度から解剖の時には、いつもいていただこうかな。ボディガード代わりに」

小暮はふわふわと言った。吸っていた煙草を机の上の灰皿に落とし、軽く先を押しつけて消す。そして、その横に置いてあった缶コーヒーを一口飲んだ。ゆっくりと動くむき出しの白い喉に、史は視線を引きつけられそうになって、慌てて横を向いた。

端正に整った横顔は、確かに夜の街で会ったものだ。しかし、どこかが違う気がしてならない。そう……確かにどこかが違うのだ。

「……小暮先生」

史は周囲に人の耳がないことを探ってから、ゆっくりと言った。小暮のどんな表情の変化も見逃さないように、しっかりと視線を据える。

「先日の解剖の後……お会いしませんでしたっけ……？」

「誰と？」

小暮はきょとんと首を傾げた。さらりとまったく不自然さのない調子で。

「……私とです」

史は少し早口に言う。

「あの……先週、解剖のあった夜に」

「明田警視と？」

小暮は喉をのけぞらせるようにしてコーヒーを飲み干し、軽いため息をつく。

「うーん……あなたくらい目立つ人なら、どこにいてもわかりそうなものだけど……」

軽い缶は見事なコントロールで、数メートル先の缶入れにおさまった。それを確かめてから、彼は羽織っていた白衣を脱ぎ、ディスポのガウンをつけて、壁に掛けてある防水の長いエプロンをつけた。それに手術帽にマスクという解剖用の出で立ちになる。

「ごめんなさい。どこで僕を見たの？　何時頃？」

きゅっとマスクの紐を結びながら言った小暮に、史は慌てて首を振った。

「い、いいえ。私の見間違いでしょう。失礼しました……っ」

「小暮先生、お願いします」

ちょうどそのとき、解剖室の内部から助手の声がした。写真撮影が終わったのだ。

「はぁい」

材料棚から手にぴったりするゴム手袋を取りだして、小暮は解剖室に向かう。史もジャケットを置いて、慌ててその後を追った。

「今度は」

解剖室に入るほんの一歩手前で、小暮が小さく言う。

「え……？」

はっと目を見開く史に、彼はすうっと視線を合わせた。

「今度は忘れないようにするね」

帽子とマスクの間からのぞく目が、涼しく微笑む。

「小暮せ……」

〝いったい……どういう……っ〟

「お待たせ。始めようか」

独特の匂いのする解剖室のドアが開かれて、史の混乱した気分を飲み込んでいった。


「小暮先生ですか?」

解剖は一時間ほどで終了していた。遺体は水に入ってからあまり時間が経っていなかったらしく、外見の崩れが少なかった上に、物理的な損傷がほとんど見られなかった。史が検死で想定した死亡推定時刻と水死という死因は解剖でも証明され、それを今、正式ではないものの報告できる形に作ってもらっているのである。

「そうですねぇ……」

活字じみたきれいな文字で報告書を書いているのは、助手の櫛田《くしだ》である。法医学などという物騒なものを専攻しているのが不思議なほど、穏やかで物静かな青年だ。年齢的には史の四つほど上で、史が卒業するとき、すでに助手になっていたのだが、誰に対しても敬語を使うその柔らかな物腰は変わっていない。

「ものすごく有能ですよね……」

解剖を終えた後、小暮は教室会議があるのだと言って、シャワーもそこそこに解剖室を出ていった。大学教官も役付きになってしまうと、研究だけをしているわけにはいかないのだ。

「とにかく、テクニックもすごいし、何より見識の確かさですね。本当によく見ているし、よく覚えていますよ。何年前にどこで見たとか、どこどこの症例にあったとか……本当によく覚えていますよ。頭の中がものすごく整理されているんでしょうね」

「確かに」

史は櫛田の向かいに座り、コーヒーを飲みながら、彼の手元を眺めていた。

「……あの人に限って、物忘れとか……考えられないよな……」

「はい？」

櫛田が顔を上げた。

「小暮先生が物忘れって……」

「あ、いや……」

史は慌ててぱたぱたと手を振る。

「……ちょっと街で会ったような気がして。ほら、あのルックスでしょう？　見間違いって考えにくいし」

「はぁ……まぁ、そうですねぇ」

櫛田も苦笑している。

「僕も初めてお会いしたときはびっくりしましたよ。陳腐な言い方ですが、女性と見まごうばかりっていいますかね……いや、ちょっとないくらい整った容姿の方でしょう。あの通り、おっとりした方ですからすぐに慣れましたけど、あれで近寄りがたい雰囲気の方だったら、大変ですよねぇ」

「小暮先生って……おいくつなんですか？」

「確か……僕よりふたつくらいお若いと聞いています。あなたからすると……ふたつ上になりますね」

ちょうど報告書ができあがった。丁寧に確認し、櫛田はそれを史に差し出す。

「ありがとうございました……」

「明田さん」

机の上を片づけながら、櫛田が何気なく言った。

「ずいぶん、小暮先生に興味があるようですね……」

「い、いいえ、そういうわけじゃ……っ」

冷静沈着でならす史らしくもない狼狽を、櫛田は落ち着いた静かな目で眺め、くすっと笑った。

「でも、いくら美人でも、生物学的にはれっきとした男性ですからね。くれぐれもお間違えのないように」

報告書の入った封筒をコートのポケットに突っ込んで、史は大学の廊下を歩いていた。遺体の身元はすでに割れていた。死因は溺水による水死。後は事件性があるかどうかだ。

「ああ……お疲れさまでした」

後ろから声をかけられ、はっと振り向くとそこに立っていたのは、白衣を羽織った小暮だった。白地のTシャツにベージュのパンツというラフなスタイルだ。

「先生……」

会議が終わったのだろう。ファイルを抱え、少し疲れた顔をしている。さらさらと髪をかき上げて、ふうっとため息を漏らす。

「先生こそ、お疲れさまです」

「ほんとにね。解剖してる方がずっと楽」

冗談とも本気ともつかない調子で言って、小暮は苦笑している。ラフな口調で続ける。

「大学はねぇ、こういう雑務が多くていやなんだよね。解剖だけに忙殺されて、研究の時間がないっていう監察医務院みたいな仕事もいやなんだけど、大学はよけいな会議やら何やらが多すぎるね」

「すっぽかすわけにはいきませんか」

冗談ぽく言う史に、小暮は肩をすくめる。

「こういうことに命かけてる教官もいるからね。つき合いってこと」

「はぁ……」

「ああ、引き留めてごめんなさい。報告書は櫛田さんからもらいましたね？」

「ええ。死因も死亡推定時刻もはっきりしましたんで、後は事件性との関連です。ありがとうございました」

「はぁい、お疲れさまでした」

軽く手を振る小暮に、史は会釈して歩き出す。

〝やっぱり……別人か……〟

今の小暮には、あの夜にあった不思議にまといつく滴るような甘さがどこにもなかった。ただ、さらさらとつかみどころのない印象が滑り落ちていくだけだ。

〝でも、それなら……〟

あれは……いったい誰なのだろう。


『ノワール』は開店の遅い店だ。営業は午後の九時から。食事をゆっくり終えてから、夜を楽しむための店なのである。

「いらっしゃいませ」

検死官室で、仕事をしながら食事をすませた史が、『ノワール』の扉を開いたのは、午後十時を回った頃だった。

「こんばんは、水原さん」

「お疲れさまです」

仕事帰りの史は、きちんとスーツを着ている。プライベートでは、見合いか何かでない限り、そんな格好はしていないから、つき合いの長い水原には、史の行動パターンがわかっているのだ。

「ドライ……いや、ウォッカマティニを」

「へぇ、ちゃんと覚えてくれたんだ」

薄い闇から投げられた声に、史はびくりと肩を揺らした。少し舌に絡まるような甘くハスキーな声。投げ出すような言葉。

「小暮さん……」

数時間前に別れたばかりの法医学者がそこにいた。いや、正確には法医学者の相似形だ。顔かたちはそっくり同じだが、まとっている雰囲気がまるで違う。あちらの小暮環がシャープな理性の権化なら、こちらの小暮環はとろりと底なしの夜の精だ。数時間前に会ったばかりだからこそわかる明らかな違いだった。

「喉を切りたいような気持ちなの?」

グラスを手にして、小暮が席を移ってきた。甘ったるい百合の香りがふわっと史の意識に届いた。

「どうですかね……」

史の前に、香りのないウォッカマティニ。手にしたグラスはしんと冷たい。

「少なくとも、このままぶっ倒れて寝たいような気分ではありますね」

昼間の遺体は自殺だった。かなりの借金を背負った会社経営者であった。失踪してから一年、保険の自殺免責満了を待っての自殺だ。ここまで待てば、たとえ自殺でも保険金がおりるのである。

彼は恐らく、死ぬためだけに一年間をたったひとりで過ごしたのだ。

「ふぅん……」

「小暮さん、死ぬためだけに生きているっていうの……どう思いますか?」

グラスに口をつけることもなく、史はゆっくりと言った。

「生きていく希望も何もない……死ぬためだけに生きているっての」

「人誰しも、死ぬために生まれて、死ぬために生きるんだけどね」

小暮はくすくす笑いながら答える。

「あてどもなく生きている方が、僕はずっと怖いと思うけど? 限りあるから、生は美しいんであってね」

「そんなの……理想論でしょう?」

グラスに触れた指がじんとしびれてくる。

「そんな……きれいごとで物事はすまされない」

「きれいごとじゃないよ。それだけ不可解ってこと」

グラスの縁をそっと撫でながら、小暮は少しもつれ気味の舌で言う。

「死ぬ勇気があるなら生きろっていうの、生きることに執着する人間の傲慢だと思うね。生きることが死ぬよりつらい人だって、この世の中には確かに存在するんだよ。人には、生きる自由と共に死ぬ自由も残されている。そう……一番理不尽なのは、死にたくないのに死ななければならないことと、生きたくないのに生きなければならないことだよ……」

甘ったるい口調で言うには、あまりに冷徹な理論だった。

「そんなにさ……まっすぐに生きられる人間ばっかりじゃないんだよ……」

小暮はふわふわと言うと、すうっとうつむき、その視線をゆっくりと史の方に向けた。切れ長のまなじりが微かに赤らみ、どきりとするほど扇情的だ。その仕草は、意図しているのかいないのかわからないが、どこかにずきりとくるだけの破壊力は充分に持っていた。

「……み、見方は人それぞれでしょうね」

慌てて視線をそらし、史は一気にきついカクテルを喉に送り込んだ。つんとくる冷たさに、思わずむせてしまいそうになる。そんな史の様子を小暮はおもしろそうに眺めている。

「そう……人それぞれ。だから、物事は一面的に見ない方がいいね……」

ほっそりとした器用そうな指が、ちりんとグラスの縁を弾いた。クリスタルの美しいグラスに入っているのは、ひんやりとした淡いブルーのカクテル。史の視線に気づいたのか、水原がほんのりと笑った。

「……ブルーマンデーです。お作りしましょうか」

「ものはウォッカだからね。ちゃんぽんの心配はないかな」

くすくす笑いながら、小暮が言った。天空の理論が突然地上に降りてしまった。そのギャップに、史はついていけない。

「……いえ。もう一杯ウォッカマティニを」

「かしこまりました」

ミキシンググラスでカクテルをステアする涼しい音。史はぼんやりとグラスのきらめきを眺めている。

『ノワール』にはBGMがない。静かな会話とシェイカーやステアの音が、カクテルをひきたてる何よりのBGM……それが、オーナー・バーテンダーである水原の考え方なのである。

「……僕も……マティニにしようかな」

小暮が言った。水原が一瞬手を止める。

「小暮さん……」

「大丈夫だよ」

とろりとした口調で小暮が答える。

「どこも飛んでないから」

「……飛ぶ……？」

史が振り向く。

「飛ぶって……」

「意識が空をね」

小暮は相変わらずくすくす笑っている。シャープに口元が結ばれているときには、まったく見えない小さな八重歯がのぞく。ちらりと薄赤い舌先が現れ、軽く唇を湿らせる。

「じゃあ……心配性のマスターのために、僕の意識が吹っ飛んでいないことを証明して見せようか……」

彼は手元にあった紙のコースターをひっくり返すと、史の方をろくに見ないまま、ひょいと手をつきだした。何となく勢いに押されて、史はポケットから取りだしたペンを渡してしまう。

「状況は……こう……」

小暮が描き始めたのは、何かの見取り図だった。どこかの部屋のようだ。ソファ……テーブル……と家具の配置を描いていく。

「ソファがここで……遺体はそのソファにもたれかかる形……」

どうやら、またクイズのようだ。

「被害者は資産家の男性。恰幅のいい壮年だね。高血圧症の既往があって、内服中。でも、ゴルフを週に二、三回もできたくらいだから、それほど深刻なものではなかったと。死亡推定時刻は午後十時過ぎ。風呂に入って、まだ濡れた身体のまま、ソファにもたれて、死亡しているのを妻が見つけた……」

ずいぶんと具体的だ。実際に小暮が扱った事例らしい。

「まぁ、結果から言うと、これは他殺でこの奥さんが加害者だったわけだけど……臨場した検死官は、これを病死としていたんだよね。さて……死因を特定せよと」

「ちょ、ちょっと待ってくださいよ……っ」

「死斑はソファについていた背部と臀部、足に出ていた。移動した形跡はなし。それから……検死官が病死としたくらいだから、外傷、索状痕、舌骨骨折はなし……」

とろとろとした話し方だが、内容はしっかりしている。史はいつの間にか、そこに引き込まれていく。

「この前の……クイズより上級編。この前のは……結構使い古しているけど……これは他の人には使ってない……」

そしてまた、くすくすと笑う。

「どう……?」

史はこくりと息を飲んだ。ゆっくりと心拍が上がっていくのが自分でもわかる。

「未必の故意……ですか……?」

「はぁん? 確率の殺人? 違う違う」

おそるおそる言った史に、小暮はくすくすっと笑い、手を振ってみせる。その手がカクテルグラスに触れそうになるのを、水原がそっと押さえた。

「ああ……ごめんね」

にこっと邪気のない笑みを見せてから、彼は史を見る。一瞬にして目つきが変わり、切れ長の目は瞼からまなじりがふわっと桜色になり、妖艶な艶を降りこぼす。薄紅の舌が小さく唇をなめた。

「彼女はちゃんと確実な方法を使っている。だから……ちゃんと殺人罪で起訴されて、判決は執行猶予なしの実刑だったな……」

小暮の前に、さりげなく水原がペリエのグラスを置く。彼はそれをちらりと一瞥してから、すうっと史の前に滑らせた。

「頭使ってるのは僕じゃないからね」

しゃらっと言ったせりふに、水原は苦笑している。もう一杯ペリエをフルートグラスに注いで、小暮の前に置く。

「明日も頭をお使いになるのでしょう？」

「あはは、そういえばそうだね」

軽く笑って、小暮はすうっとペリエを飲み干す。のけぞる白い喉がきれいだ。

「じゃあ……ヒント。まず、被害者は風呂上がりで、ほとんど全身が濡れた状態だった。特に足元……ビニールのスリッパを履いた足はびしょびしょだった」

「……」

「もうひとつ。検死官が判断した死因は心不全」

「それは……外傷がなければ……」

「……じゃあ、最後」

すうっと小暮の手が伸びた。史の手をそっとつかんで、引き寄せる。

「……っ」

ひんやりと冷たい手だ。華奢な感じもするが、やはり男の手である。すっきりと指が長く、手のひらが大きい。

「ここ……」

小暮の指が、史の左手のひらを示していた。指のつけ根に当たる部分だ。

「ここに……ゴルフたこがあった。小豆大の結節だね……」

するりと小暮の手が離れていく。彼はそのままするりとカウンターにうつぶせてしまう。

「……早く答えないと寝ちゃうよ……？」

「ちょ、ちょっと待って……っ」

目の前のペリエを一口飲んで、史は必死に思考をめぐらせた。形相の変わる史を、小暮は眠そうにとろりと潤んだ目で見つめている。

「うわぁ、雨降ってきたよっ」

唐突にドアの方から大きな声がした。思考の網を破られて、史はびくりと肩を揺らしてしまう。新しい客が濡れた肩を払いながら入ってきたのだ。

「雷鳴ってるよ、マスター」

その一言が、耳に飛び込んだ瞬間、彼は一瞬にして正解に行き着いていた。

「……感電死……だ……っ」

ぱっと小暮に振り向く。

「被害者は……感電死だったんですね……？」

「……じゃあ、電入斑と電出斑は……？」

人間が感電する場合、必ず電気が流入した火傷を思わせる電入口と電気が流出する電出口が存在する。その痕跡を電入斑、電出斑と称するのだ。

「電入斑は……そのゴルフたこです。元々あったんでしょうが……それを悪用したんですね。電出斑は……恐らく特定できないでしょうが、電出口は足です。濡れた……足の裏が電出口だったんです」

小暮が顔を横にしたまま、すうっと口元だけで笑った。唇の両端を引き上げるアルカイックスマイルに近い笑い方だ。

「……ずいぶんヒントが必要だったね」

そして、するりと起きあがり、席を立つ。

「こ、小暮さん……っ」

史の声に背を向け、小暮はポケットから取りだしたカードを水原に投げる。

「俺が……っ」

慌ててウォレットに手をかける史に、小暮はしゃらりと言った。

「ああ、やめた方がいいよぅ。僕の飲み代、半端じゃないから」

さらりと笑って、小暮は水原が切った伝票を目の前に突きつけた。そこにはぞっとするような金額が記されている。

〝いったい、どのくらい飲んでるんだ……っ〟

決して酒に弱い方ではないのだが、史がこの金額を飲んだら、とっくに泥酔して立ち上がれなくなっているだろう。それほど、小暮は飲んでいたのだ。

「待って……っ」

払いを済ませて、史はふらふらと先に出ていった小暮を追う。

「小暮さん……っ！」


ふわりと風が吹き抜けた。まるで人の吐息のように、悩ましく暖かな風だ。

雨はすでにやんでいた。一瞬の通り雨だったのだろう。もうアスファルトすら濡れていない。

「……走ると……アルコールが回るよ……？」

小暮は『ノワール』から道一本隔てたところに立っていた。車の走りすぎる隙間からも、重い百合の香りが漂ってくるようだ。それほど、彼の存在は鮮やかだった。

「そこに……いてくださいね……っ」

それなのに、輪郭がふらふらとゆがんで見えるのはなぜだろう。風にゆらゆらと揺らいで見えるのはなぜなのだろう。

「僕は……逃げないよ」

小暮はくすくすと笑い、そのままふわりと背を翻す。彼の羽織っているジャケットの裾が軽く舞う。

「小暮さん……っ」

クラクションの中、史は強引に道を渡り、小暮が姿を消した角を曲がる。

「……っ」

少し先にふらふらと歩いていく小暮の後ろ姿が見えた。あれほどのアルコールを入れ、足元さえ危ういはずなのに、彼の背中は意外な早さで遠ざかっていく。史が息を切らせて、後を追わなければならないほどに。

「小暮さん……っ、待って……っ！」

逃げないと言いつつ、彼はふわふわと先に歩いて行ってしまう。史は後に残される百合の香りだけを追って、夜の街を行く。

どうして、こんなに彼を追いかけたくなるのだろう。つかみどころがなく、決して優しい顔など見せてくれないのに。

確かに、小暮は美貌の持ち主だ。しかし、美しい女ならいくらでも会ったことがある。医学部卒の上、警察キャリアというバックグラウンドを持つ史に、見合いの話は引きも切らずにある。ミス何とかなどという絶世の美女にも、さんざん会っている。しかし、小暮に引き寄せられたように、取り込まれるような気分を味わったことは一度もない。

〝いったい……〟

ふっと前を行っていた小暮の姿が消えた。史は目をむき、きょろきょろとあちこちを見回す。

「小暮さ……っ」

「こっちだよ、こっち」

くすくすと笑いを含んだ声が、頭の少し上から降ってくる。はっと顔を上げるとそこには、史の身長より少し高い門扉の上に腰掛け、こちらを眺めている小暮の姿があった。

「ちょっ……っ」

一瞬呆然としてから、史はそこが自分も通い、今は小暮が勤務している大学の裏門であることに気づく。『ノワール』から裏道をぐるぐると歩いてきたので気づかなかったのだが、意外と近かったのだ。

「おいで」

すっと視線で誘うと、小暮はぱっと門の内側に飛び降りてしまう。史は慌てて門扉にとりつき、一気に飛び越えた。

「小暮さん……っ」

「もう一息だよ」

ちょうど実験棟の裏手にあたるこのあたりは外灯もなく、深夜ともなれば真の闇に近くなる。しかし、その中を小暮はするすると歩いていく。

「もう一息って……っ」

思わず、史が抗議の声をあげそうになった瞬間だった。それは唐突に視界いっぱいに飛び込んできた。

「さ、くら……？」

ちょうど史の視線の高さを覆う真っ白な花。儚く消える泡沫のように、ふわふわと咲き誇るいっぱいの花群。

「こ……れは……？」

「気がつかなかったの？」

はっと気づくと、小暮がすぐ横に立っていた。すうっと手を伸ばし、手のひらで包むようにして、桜の一房を優しく受け止める。

「見たことあるでしょう？」

「え……あ……っ」

思わず見上げた窓は、法医学教室の窓。この桜は研究室の窓から見える御室桜なのだ。

「昼間は昼間でいいんだけど……夜の方が桜って迫力あるよね。魔力って……言い換えてもいいけど」

「魔力……」

〝それなら……あなたにもある……〟

史を取り込んで離さない……否応なくひきつける恐ろしいほどの魔力。

「小暮さん……」

史はそっと腕を伸ばした。そのますうっと腕を回し、背後から小暮の華奢な身体を抱きしめる。

「今日の……報酬はもらえないんですか……？」

「さぁね……ヒントが多すぎたでしょ？」

面白がるように、小暮はくすくす笑っている。

「でも……上級編だったしね……キスくらい……かな……？」

ほろほろと降る花びらの中で、小暮は甘く微笑み、軽く目を閉じる。その瞼に降る花びらをそっと指先で払いながら、史は柔らかく開いた唇に触れた。つかみどころのない彼だが、確かにそこはふんわり柔らかくて暖かい。

桜が散る。ふわふわと。ほろほろと。その瞬間の命を散らすように。

頭の芯が鈍くしびれるような感覚を味わいながら、史は花の香りを抱きしめ、花の香りに抱きしめられて、口づけの呪《しゅ》に囚われる。

「……っ」

頬を包んでいた手がふっととらえられて、するりと彼の細い腰へと回された。合わせたままの唇がふうっと微笑む。

「……ちゃんとつかまえてないと……」

唇の中へと注ぎこまれる言葉。

「……いなくなるよ……」

史の腕に力がこもる。彼の背中が反るほどにきつくきつく抱きしめる。

夜と……重い花の香りに酔わされて。

彼に酔わされて。

ACT 4

「……そういうわけで、裁判への出廷をお願いすることになるかと思うのですが」

『はぁ……仕方ありませんねぇ』

　電話の向こうは、少しとまどった声を出している。史は目の前の書類をめくりながら、あえて事務的に言った。

「詳しいことは検察の方から話がいくと思います。今日はお耳に入れる程度ということで、お電話を差し上げました」

『はい、ありがとうございます』

　電話の相手は小暮だった。電話越しに聞く声は、意外なほどよく通り、耳にぴんとシャープな感じを与える。声の響きはおっとりしているのだが、一語一語の発音がはっきりしているせいだろう。

『じゃあ……書類を探しておいた方がいいですね』

「そうですね。やっぱり、探さないとだめですか」

　意味ありげな史の言葉に、小暮も苦笑している。

『ええ、大捜索ですね。研究室は明田警視もご存じの通り、ＳＦ規模のカオスですから』

法医学教室の研究室の乱雑ぶりは、史が在籍していた頃とまったく変わらないらしい。女性がいないせいとも言われているが、史はあまり関係がないと思う。要には、片づけなければならないという必然性にかられていないのだ。

「そういえば……」

史は、ふと気づいたように言った。

「研究室の外の桜……すごかったですね……。もう散ってしまったでしょう？」

『はい？』

窓の外を見たのだろう、一瞬小暮の声が遠くなった。

『……今年は暖かかったせいか、花が早かったたんですよ。よくご存じですね？　ごらんになったんですか？』

〝やっぱり……〟

小暮の口調は無邪気だった。故意に嘘をついているといった感じはない。

彼は、あの桜吹雪の中の口づけをまったく覚えていないのだ。

「い、いえ。ちょっと……思い出したものですから」

史はそそくさと言い、簡単にいとまを告げて電話を切った。

「……ちょっと外出してきます」

そして、ジャケットを羽織りながら、留守番を務めてくれる婦警に言う。

「連絡は携帯にお願いします」


立派すぎる応接セットに、史の居心地が少し悪くなりかけた頃、ようやく目当ての人物がドアを開けて入ってきた。

「ああ、待たせたな」

「こっちこそ、忙しいときに悪かったな」

「いやいや。まぁ、時間があってないような商売だからな」

にやりと笑ったのは、精悍な感じのハンサム顔だった。史の大学時代の友人で、史の法医学に対して、精神神経科に進んだ三田村《みたむら》である。優秀な男で、大学からの誘いも多々あったらしいのだが、日本的な縦社会にはなじまないと言って、さっさと開業のクリニックに就職してしまったのだ。今では、院長より診療のコマが多いほど信頼され、また繁盛もしているらしい。

「で？　どうした？　おまえ、確か今は……」

「ああ、しがない宮仕えの警察官だよ」

史は苦笑した。それでも、キャリアという立場がものをいって、一般の警察官よりも優遇はされているると思うのだが、同い年の三田村の豪華な生活を見せつけられると、やはり笑うしかない。こちらは、弟と賃貸のマンション暮らしだ。ひとしきり、昔の友人の噂話などしたところで、史は身体を前に乗り出した。

「で……ちょっとおまえに聞きたいことがあってな」

「ん？」

史はできるだけ客観的に、小暮の変貌について話した。

「……これほどはっきりと記憶がなくなるなんてことがあるんだろうかと思ってな……。少なくとも……法医学者としての自覚がすっ飛んでるわけじゃないし……」

「……」

三田村は深々とソファに寄りかかり、目を閉じて何か考え込んでいるようだった。

「……かなりの量の酒を飲んでいると言ったな……」

「あ、ああ……。俺なら、とっくにぶっ倒れている量だな」

「……それかもしれないいな……」

三田村は立ち上がると、壁に作りつけてある書棚を探り、精神神経科関係の雑誌を出してきた。ページを繰って、ある論文を探し当てる。

「これだ」

くるりと向きを変えて差し出され、史はそれを読んだ。

「病的……酩酊……?」

「ああ。abnormal alcoholic intoxication……異常酩酊という言い方もするな。まぁ……多かれ少なかれ、人は酔っぱらえば精神の抑制が取れちまって、普段とまったく違う言動を取ることは珍しくないんだが、この……病的酩酊の場合は、その振り幅が異常なんだ。多くは暴力傾向や不安傾向なんだが……人を殺してもまったくそれを覚えていない……動機すら思い出せない。いや、動機すらない場合がある。精神的にも肉体的にも抑制がまったく利かなくなって、衝動的な行動が顕著になる。人格交替といってもいいほどのものすごい変貌を遂げる場合がほとんどだ。そんな症例がいくつかある。そして……最終的には深い睡眠状態から完全健忘を来す……」

「多重人格とは……違うわけか?」

「誤認される場合もあるがな。厳密にいうと違う。あくまで、他人になるわけじゃない。主人格のまま、その……一番深いところにあるものが出てくる状態だからな。多重人格は、主人格とまったく関係ないように見える副人格が出来上がってくるものだ」

「……」

三田村は両手を身体の前で組んで、淡々と言葉を続ける。

「本人を見ていないから何とも言えないが、その……先生の場合、記憶の消去は微妙だな。まぁ……

しらふの状態で酩酊時の記憶はないようだが、酩酊時にはしらふの時の記憶がしっかりあるようだ。普通はそれもすっ飛ぶんだがな。その辺で微妙なんだが、大量のアルコールを入れることによって、精神の抑制が必要以上に飛ぶことは間違いない。それがあまり頻繁になると、精神的に疲弊するし……それでストレスが取れるようだと逆にまずい」

「まずいっていうと……」

「最悪の場合、重度のアルコール依存になる。いや……すでにアルコール依存が異常酩酊の引き金になっている可能性も否定できないな……」

史は思わず言葉を失う。

確かに法医学関係の仕事はストレスが大きい。実験が許されない実践のみの学問の上に、その結果が大きな社会的影響力を持ってしまうためだ。絶対に試行錯誤と失敗の許されない研究を日々やっているようなものなのだ。特に助教授はいわゆる中間管理職的な立場で、雑用がもっとも多いポジションといっていい。

〝そういや……〟

小暮自身も言っていたではないか。雑務が多くて疲れると。

〝この前は……〟

初めて小暮が酔っているのを見たのは……あの遺族とトラブルを起こした日だった。

「ストレスか……」

小暮の場合、ストレスが異常な酩酊状態に彼を誘っていることは間違いないようだ。

「……ありがとう、三田村。忙しいときに悪かったな」

「どういたしまして」

腰を上げた史に、三田村は手を振る。

「カウンセリングが必要ならいつでも。お安くしとくぜ?」

ウインクする同級生に、史は苦笑する。

「……国家公務員は薄給なんだぞ」


車に戻ると、史は一本の電話をかけた。

彼の本当を知るために。

彼のいちばん深い部分にあるものを確かめるために。

「では……今夜」

ACT 5

『ノワール』の夜は、午後九時に始まる。

「おや……」

連れだって入ってきた史と小暮に、水原がすっと眉を上げた。

「今日は最初からご一緒ですか……」

「え？」

小暮が目をぱちぱちと見開く。

「今日はって……」

史は黙って、カウンターの端に席を占めた。小暮もその隣に座る。

「ウォッカマティニを。先生も同じものでよろしいですか？」

「え、ええ……」

水原が頷き、手際よく作られたカクテルがふたりの前にサーヴされる。その透明な輝きを楽しみながら、史は軽くグラスを目の高さに上げた。小暮もにこりと微笑んでそれに応じる。

「お疲れさまでした」

「お疲れさまでした」

三田村のところに行った後、史はすぐに小暮に連絡をとり、夕食の約束を取りつけたのだ。やはり、小暮は相当酒に強かった。食事をしながら、ワインのフルをきれいに空けておきながら、ほとんど酔いは見せていない。まだ、彼は小暮環のままだ。

「明田警視のこと、教授に聞きましたよ。研究室に残ってくれるよう、ずいぶん引き留めたんだって」

　さらさらとグラスを干しながら、小暮が言った。

「あのままでいったら、教授にもなれただろうって」

「かいかぶりですね。それほどのもんじゃありませんよ。研究は好きでしたが、まぁ……他のこともやってみたくなったってとこですか」

　史は苦笑しながらも、小暮を冷静に観察する。目つき、仕草、口調……その全てを。

「小暮先生こそ、どうして法医学を？」

「僕は……そうですね、社会医学というものに興味があったんですよ……なんて、かっこいいこと言っていますが、実際には親族に反発したんですね。僕は一族郎党全て医者という家に育っているもので」

「はぁ……それはまた」

意外なバックグラウンドである。

「だから、医者にはなる……でも、普通の医者にはならないと……そんな子供じみた反発からです……」

小暮のペースは相当に速い。史のほぼ倍のペースで、グラスを空けていく。しかし、見つめる顔色はほとんど変わらない。

「両親も兄、姉も全て大学病院や大手の病院勤務です。子供の頃から……医者になるのは当然て言う……そういう家庭環境で……」

いやむしろ、顔色自体は青ざめていくような感じだ。もともと色の白い人ではあるが、それが青みを帯びてくる。

「もう……全てが兄弟と比較比較の日々でね……もう親族中から。僕、出来のいい方じゃなかったからねぇ。今から思うと、ものすごいストレスの日々でしたねぇ。専攻を決めるときに……ついに切れちゃって、法医学なんていう……やくざなところに来ちゃったんだけど……っ」

〝あ……〟

少しだけ、明瞭だった口調がふらついた。すうっと青い瞼が落ち、長いまつげの先が微かに震える。微かに開いた唇の中に、薄赤い舌先がのぞく。

「……でも……そんなの結局逃げでしかない……んだよ」

〝え……っ〟

ゆっくりと瞼が開く。口調が変わる。すうっと顎が引き上げられ、うつむきがちだった白い顔がすっと史の方に向けられる。

〝変わ……った……っ〟

薄い唇の端がくっと上がり、彼は薄く笑った。

そう、彼だ。小暮であって、小暮でない。彼がいつの間にかそこにいた。

「くだらないね……まったく。中途半端なまねしては、ストレスとやらにつぶされそうになって」

今までの控えめでおっとりとした口調ではない。とろとろと柔らかいが、どこか投げ出すような……引き込むような。不思議な色がそこにはある。史は慌てて、小暮の瞳をのぞき込んだ。

〝違う……〟

ブランデーのように淡い色の瞳が、史を見つめていた。うっとりと潤んだ目はわずかに赤らみ、瞼からまなじりにかけて、淡い桜色に染まっている。

「小暮……さん……?」

「……どうしたの？　変な顔して」

すうっと白い手が伸び、史の頬に触れた。

「化け物見たみたいな顔してる」

「べ、別に……っ」

「ふぅん……そう?」

まさに『変貌』である。身体は確かにそこにずっとあったものなのに、中身だけがふいに入れ替わってしまったような鮮やかすぎる変化だった。彼はやはり双子でも何でもなかった。間違いなくどちらの人格も小暮環の入れ物の中にあるものなのだ。

「ねぇ……こんなの、知ってる?」

小暮がグラスのステムに伝わる雫をそっと指ですくいながら言った。

「……風邪をひいたと言って寝込んでいた女性の急死例。症状は……」

「小暮さん……」

「高熱、激しい頭痛……市販の風邪薬服用後に、全身に出血斑出現、全身痛、視野狭窄……発症後二日で死亡。解剖所見は……脳の腫脹著明……各臓器の鬱血……肺炎等の所見は見られず」

軽く目の高さに空のグラスをあげると、心得た水原が次のグラスを置いてくれる。

「これが……今日のクイズだよ」

ちらりと視線を流して、小暮はあでやかに笑った。口元がきゅっと上がり、小さな八重歯がのぞく。

"……っ"

ふいに史の腕の中に暖かな重みが蘇ってきた。あの息が止まるかと思うほどの桜吹雪……あの中で抱き合ったとき、彼の八重歯が微かに史の唇に食い込んだ。その感触は何かの刻印を思わせて、史の身体のボルテージを一気に高めたのだ。

「……ひとつくらい聞いていいですね……？」

喉が渇き、声が掠れるのを意識しながら、史は言った。

「……死因の特定に、細菌学検査は……必要でしたか……？」

「え？」

小暮が小さく問い返す。史はゆっくりと繰り返した。

「死因の特定に……リコールの検査は必要でしたか？　ウォーターハウス・フリードリクセン氏病と特定するために」

小暮の目が少しだけ見開かれる。史は続けた。

「別名電撃性脳炎……流行性脳脊髄膜炎です。非常に経過の早い疾患ですね。今の小暮さんの話だと、一見風邪薬の中毒とも思えますが、それ以前の症状と経過の早さからいって、電撃性脳炎と見るのが妥当と思います」

史は手にしていたグラスを目の高さに持ち上げてから、かちりと小暮の前のグラスにぶつけた。

「今日は……正解ですよね……？」

『ノワール』を出て、小暮は史を振り返ることもなく、ふわふわとした足取りで歩いていく。史も無言でその後を追う。

史が小暮の『クイズ』に正解を出してから、ふたりはほとんど無言だった。一瞬目を見交わしただけで、小暮はすっと立ち上がって、いつも通りにカードを投げ出し、史も払いを済ませた。そして、ふたりはほんのりとぬくもりを含んだ春の夜に踏み出したのだ。

「暖かいですね……」

史はぼんやりとした色に霞む夜空を見上げた。

「もう……そろそろジャケットもいらないな……」

「……初めて会ったとき」

小暮がぽつりと言った。両手をスラックスのポケットに入れたまま。

「コート着てたよね……白い……トレンチコート」

「え？　ええ……雨もよいで寒かったから……」

いつの間にか、道はマンションがいくつか建つ住宅街に入っていた。夜の街からほんの何本か道を隔てただけで、そこは日常が息づく場になる。

「……小暮さんの……？」

小暮は迷うことなく、ひとつのマンションに入っていく。オートロックの暗証番号もまったく迷うことなく打ち込み、彼は史がついてくるのが当然といった足取りで、振り向くこともなく中に入っていく。

「小暮さん……っ」

「……嫌ならいいけど？」

エレベーターを待ちながら、小暮は素っ気なく答える。

「報酬なんだから……拒む権利もあるよ」

「そ、そういう……っ」

エレベーターが下りてきた。一瞬迷ってから、史はそこに乗り込む。

〝毒を食らわば……だな〟

甘い甘い毒をこの身に取り込むために。


小暮の部屋は、素っ気ないほど何もなかった。かなり広いワンルームはベージュで統一され、あるのは、パソコンがのせられたキッチンテーブルとカバーもかかっていないベッドだけだ。史のマンションも弟の貢とのふたり暮らしであるから、やはりものは少ないが、それなりの生活感はある。しかし、小暮の部屋はそれ以上だった。ほとんど気分はモデルルームである。

「飲みたい？」

間接照明だけを点けて、小暮が振り向いた。

「いえ……」

「そう」

さっとカーテンを開け放ってから、小暮は冷蔵庫を開け、缶ビールを取り出した。ぱしりと開けて、一気に半分ほども飲む。

「こっち来てごらん」

窓辺に寄りかかって、小暮が誘う。史は腕に掛けていたジャケットをテーブルに置き、ネクタイをゆるめながら、小暮に近づいた。

「……うはぁ……」

室内が暗いせいだろう。まるで宝石箱のような夜景が小暮の白い顔に映っていた。

「さっすが最上階……」

「山羊と何とかは高いところが好き」

くすくすと笑って、小暮が振り向く。

「世界から隔絶されてる感じでしょ？」

「隔絶されたいんですか？」

そっと手を伸ばし、史は小暮の冷たい頬に触れた。すべすべと滑らかな手触りは、まるでよくできた彫刻のようだ。

「さぁね……」

するりと手を下ろし、小暮は目を閉じて、甘く微笑む。

「どうだろ。しがらみが嫌いなのは……確かかな」

「しがらみ？」

そっと頬を撫でると、小暮はその手に頬をすり寄せる仕草を見せる。

「……殻なんてさ……かぶらないですめば、いちばんいいよね……」

殻……彼を包む固い殻……。彼の白い手から、するりとビールの缶が落ちた。音もなくカーペットに跳ね、苦い香りをこぼして、転がっていく。足下にたゆたう重い百合の香り。

「……っ！」

ふわふわとつかみどころのない存在を、史は腕の中にきつく抱きしめた。

夜の底はいったいどこにあるのだろう。そして、夜の終わりは。

「……ん……っ」

耳元に甘い声がこぼれ落ちて、史はふと我に返った。開いたままのカーテンから、不夜城の明かりがこぼれる。

「何……見てるの？」

小暮が囁いた。

「いや……」

史は小暮のさらさらと柔らかい髪に唇を埋めた。

「やっと……正解報酬がもらえるのかと思って」

小暮が喉の奥で笑う。その微かな笑い声を史は自分の唇で奪い取った。

「……う……ん……っ」

誘うように逃げる舌を追い、どこまでも口づけは深くなっていく。背中を抱きしめる腕は、やはり意外なほどしっかりと力を込めてくる。彼のメスを握る手……真実を切り裂く手。

「ふ……う……」

柔らかな吐息が一瞬離れた唇から漏れた。何となく冷たいと思っていた白い肌は、史の若い熱を受け取って、少しずつその体温を上げ、しっとりと潤み始めていた。息を継ぐ間も与えず、彼はまた唇を求めてくる。まるで奪い尽くすように、貪り尽くすように、微かに声を漏らしながら、深い口づけを繰り返す。

足りない……まだ足りない……と。

「ん……ん……う……っ」

甘く滴る百合の香り。むせかえるほどのそれに酔いながら。

〝ああ……そうか……〟

肌を合わせて、初めて史は気づく。彼のまとう重すぎる香りの正体を。

〝死臭を……消すためか……〟

二時間も解剖室にいれば、当然のことながら、髪や肌が匂いを吸い込んでしまう。それはちょっとシャワーを浴びたくらいでは、簡単に消えてくれない。だから、夜の街にさまよい出る彼は、きついほどのトワレをまとうのだろう。体温が上がったことで、よりその香りは強くなっている。息苦しいほどの花の香りに抱かれて、史は自分が少しだけ死んでしまう感覚を味わう。自分のなけなしの理性が死んでしまう感覚だ。

「あ……っ」

忙しなく細い腰を抱き寄せ、滑らかな首筋から胸へと口づけの場所を変えていく。華奢な鎖骨をたどり、固く実った胸の先に舌を絡ませる。彼の吐息が色を持つ場所を探る……それはみだらなゲ

ームだ。

「ん……う……ん……っ」

目を閉じ、彼は感覚だけで快感を追っている。史の髪を抱き、喉をあらわにのけぞらせて、彼は奔放に快感を追う。そんな彼に置いて行かれないよう、史は白い肌にきつく刻印を記し、自分の熱を注ぎ込むための施しを与える。

「……本当の……」

桜色になったままの瞼に口づけを落とし、史は低くかすれた声でつぶやく。

「本当の……小暮環は……どこにいるんだろうな……」

「え……？」

ゆっくりと小暮が目を開ける。ブランデー色の瞳が、わずかに視点を失ったまま史を見上げた。

「本当……の……？」

一瞬、すうっとゴースト現象が収まるように瞳の視点が合った。桜色に濡れた唇がくうっと端を上げ、扇情的に微笑む。

「ここに……いるじゃない……」

「……っ！」

ずきりと痛みを感じるほどの快感が、史の身体に走った。それは物理的というより、むしろ精神的なものだ。その瞳の力に撃ち抜かれ、それだけでこぼれ落ちそうになるほど、終わってしまいそうなほど、凄まじい快感が駆け抜ける。小暮がくっくっと笑っている。食いしばる史の口元にキスをして、滑らかな指先ですうっときれいに筋肉の乗った背中を撫で下ろす。

「……く……っ」

「まだ……でしょう……?」

耳元に媚薬が注ぎ込まれる。全身がどろどろに溶けてしまいそうな……強烈な媚薬。

「まだ……連れて行ってもらっていないよ……? あ……ああ……ん……っ!」

高く放たれる声。真っ白に飛ぶその一瞬。ふたりは同時に小さな死を飛び越える。

「ん……う……う……っ」

夜がこぼれていく。滴る甘さで。どこまでが自分で、どこからが彼かわからないほどに肌を絡めて。快楽の加速は凄まじい。心よりも身体が走る。まるで……何かに憑かれたように。

「あ……ん……ん……っ」

するりと滑り落ち、床に広がるブランケットの海。蒼い月と揺らめく街の明かりの色がベッドに映り、ひとつになるふたりの肌を薄蒼く染めていく。どこまでも溶けて、どこまでも堕ちていく。何もかもをひとつに絡み合わせたまま。

「ん……く……っ」

言葉はなくなっていた。身体の波動で何かを貪りあい、何かを伝えあう。夜の底に沈み、夜の高みにまで駆け上って。

「ちゃんと……連れて行ってよ……っ」

かすれた声が史の耳朶を叩いた。

「ああ……」

より深く彼を抱きしめながら、史はうっすらと笑う。

「全部……俺のものだ……っ」


「う……」

目覚めたとき、史は自分がどこにいるのか、一瞬わからなくなって、ぱちぱちと目を瞬いた。白く高い天井……完全遮光らしいカーテンの隙間からこぼれるまぶしい日射し。その高さは間違いなく朝のものだ。

「何時……」

ひとりにはずいぶんと広いベッドに寝返りをうち、彼はナイトテーブルに小さなデジタル時計を見つけた。

「……八時……八時っ！」

何度か目をこすって時計を見直し、史は飛び起きた。

「つ……っ」

とたんに頭の中で鐘が鳴るような感覚があって、ずきりと鈍い痛みが駆けめぐる。

「くは……二日酔いか……」

史はベッドの上に起き直り、軽く額を押さえながら、昨夜の記憶を巻き戻す。

「……」

ゆっくりと部屋を見回す。

何もない……なさすぎるスタイリッシュな空間は、確かに記憶の片隅にある小暮の部屋だった。

酒に酔ったわけではないと思う。史は……小暮に酔ったのだ。悪酔いとしか言いようのない、どろどろと溶けてしまいそうな酔い方をした。恐ろしく抜けの悪い……溺れるような酔い方をしてしまった。

「……わからん……」

ぼそりとつぶやく。

結局、何ひとつ解明できたことはなかった。どこまでが彼で、どこからが彼なのか……その境目も何もわからなかった。わかったことと言えば、確かに小暮環は小暮環なのだという、当たり前すぎる事実だけだ。

「……小暮さん……？」

何度か頭を振りながら、史は部屋の主の名前を呼んだ。

「小暮さん……？」

部屋はいかに広いとはいえ、ワンルームだ。人の気配のあるなしくらいはすぐにわかる。

「いない……のか……？」

よくよく考えれば、この時間だ。とっくに出勤の時刻なのである。

「バカか……俺は」

史の惚けた頭も、ようやく働きだしたようだ。彼は慌ててベッドから降り、裸のままバスルームとおぼしき方向に向かった。みっともないことこの上ないが、仕方ない。熱めのシャワーをざっと浴びたところで、完全に目が覚めた。

「とりあえず……」

タオルを借りて身体を拭きながら、出勤が遅れることを県警に連絡し、一息ついた。簡単に身支度を整え、改めてモデルルームのように生活感のない部屋を見回す。

バスルームには確かに使った跡があった。ベッドもひとつしかないから、小暮は間違いなく史の隣で目覚め、ちゃんとシャワーを浴びて出勤していったはずだった。それにまったく気づかなかった自分も自分だが、むしろ、小暮の方が気づかれないよう注意して行動していたと考える方が納得がいく。つまり小暮は、史が同じベッドで眠っていることに、大きな疑問を抱かなかったということにはならないか。

「俺の希望的観測ってやつか……？」

小暮の豹変の原因が病的酩酊だったとしたら、本来であれば、史とのことは記憶にないはずだった。自分でコントロールできないからこそ、心神耗弱というのは成立するのである。わかってやっているとしたら、それは確信犯というものだ。

「わーからん……」

頭をがしがしとかきむしり、史はため息をつく。

何が何だかまったくわからない。わかってることといえば、自分があの奇妙な法医学者に見事なまでに骨抜きになっているということくらいだ。そう……取り返しがつかないくらい、どろどろに惚れてしまっているということくらいだ。

「ま……いっか……」

こればかりは考えていても仕方がない。たったひとり取り残されてしまったここでできることといえば、照れ隠しにこめかみでもぽりぽりと掻いて、とっとと退散することくらいだ。

ぼんやり座っていたベッドから立ち上がり、ドアの方向に歩き出して、史はキッチンテーブルの上に、ひどく鮮やかな色合いがあることに気がついた。

「何だ……？」

シンプルきわまりないこの部屋に、不似合いなまでに鮮やかな……それは赤い色。

テーブルの上にあったのは、真っ赤な液体を満たし、ご丁寧にセロリの飾りまでつけたタンブラーだった。まだ完全に氷が溶けていない。

「……っ」

その正体を悟った瞬間、史は爆発的に笑い出していた。

「か、かなわないよ……っ、あなたには……っ」

これは彼のメッセージ。翻弄されまくり、ついに跪いた史に向けた彼の苦笑のメッセージ。

「……いただきまぁす」

笑いすぎて涙を拭いながら、史は一気にそのカクテルを飲み干し、とんっとコップを置くと、鼻歌交じりにジャケットを担いで、部屋を出た。

さて、何と理由をつけて、彼の元を訪れようか。

そんな楽しい企みを考えながら。

フレッシュなトマトジュースにウォッカを加え、ステアしたものにセロリを飾る……そんなさわやかなカクテルについた名前は、なぜか『ブラディ・メアリ』。

二日酔いの特効薬である。

ＡＣＴ　６

「……失礼します……」

二体の検死を終え、そのうちの一体を法医学教室に運ぶよう指示して、史が解剖室にたどり着いたのは、ほとんど陽が落ちた頃だった。

「遅くにすみませんね」

監察医務室の事務員は、申し訳なさそうな史に、にこりと笑って首を振った。

「どういたしまして。もうじき終わるようですよ」

「え……っ」

まだ遺体が入ってから、一時間ほどしかたっていないはずだった。時間のかかる司法解剖ではないとはいえ、一時間は早すぎる。

「今日、小暮先生が絶好調なんですよ。わりといつも、ぽーっとしてるっていうか……おっとりしている方でしょう？　まぁ、雰囲気は変わらないんですけど、エンジンのかかりがすごいっていうか……助手の櫛田さんが目回してますよ。仕事が早すぎるって」

事務員の女性がくすくす笑いながら言う。

「はぁ……」

何と答えてよいかわからなくて、史は曖昧に笑うしかない。

小暮の絶好調の理由……それが自分と考えるほどうぬぼれてはいないつもりだが、もしそうだとしたら、それはそれで怖い気がする。

「解剖室入られます？」

「あ、ええ……所見も伺いたいし……」

史がジャケットを脱ごうとしたときだった。解剖室の自動ドアが開き、術衣にガウン、エプロンに帽子とマスクという完全装備の小暮が出てきたのだ。

「あれれ、一歩遅かったよぅ」

のんびり言うと、小暮はマスクと帽子を取り、エプロンとガウンを取って、さらさらと髪をかき撫でた。

「司法に切り替える必要はなかったね。明田さんの見立て通り、病死だよ。腹部大動脈瘤の破裂だね」

「……あ、ありがとうございます……」

術衣は襟元が大きく開いている。特に小柄で華奢な小暮は、その開きが大きく感じられ、胸元がかなりのぞく。そこに薄赤い花びらのような鬱血を見つけて、史は自分の耳が火がついたように熱くなるのを感じた。

昨夜の出来事は、やはり夢でも幻でもなかったようだ。

「書類の方は櫛田さんが作ってくれるから……」

小暮は立ったまま、さっと執刀医がどうしても書かなければならないところを記入すると、テーブルの上に置いておいた白衣を羽織り、監察医務室を出ていった。

「あ、あの……書類の方は後で取りに伺いますので……っ」

「はい。お疲れさまでした」

事務の女性に言い置くと、史は慌てて小暮の後を追った。


「小暮先生……っ」

薄暗い蛍光灯だけの廊下に、小暮の特徴のある足音が響く。少し足を引きずるような独特の足音だ。

「え？」

息を切らした史に声をかけられ、小暮はくわえた煙草に火をつけながら振り向いた。

「何？」

「あの……っ」

蜂蜜色の黄昏を頬に受けて、小暮は静かに史を見つめる。光に溶ける瞳の淡い色。

「少し……お時間をいただけますか……？」

「昨日もそう言ったよね」

さらりと応じて、小暮はふっと紫煙を吐き出す。

「で？　今日は何？」

さらりと聞かれ、史は一瞬答えに詰まる。

「ええと……」

言いよどむ史にくすりと笑いかけると、小暮はすぐ横にあるドアをすっと開けた。普段は人の出入りなどまったくない資料室だ。ここは研究室の隣となるので、当然のことながら、すでに花を終わらせようとしている御室桜が、窓を照らす形になっていた。ふわふわと舞う花びらが時折窓ガラスにまといつく。

「……すみません」

「どういたしまして」

くすくす笑いながら、小暮はとんと煙草を携帯灰皿に落とした。どこか少年じみたところがあるのに、妙に煙草がさまになる人だ。

「単刀直入に伺います。先生は……昨日のことを覚えていらっしゃいますか……？」

史は、窓辺に立った小暮から微妙に視線を外しながら言った。彼の頬にほろほろと散る花の影。

「昨日の……って？」

きょとんと大きく目を見開き、小暮は首を傾げる。

「君と……飲んだこと？」

〝やっぱり……覚えていないのか……？〟

史の表情に落胆が浮かんだ瞬間だった。小暮の口元がすうっとつり上がった。ほっそりと長い指が自分の唇をゆっくりと撫でる。

「……って、言ってほしい……？」

史ははっと顔を上げた。とろりと甘い声……かすれたハスキーヴォイス。それは……紛れもなく夜の顔。

「小暮……さん……っ」

小暮の手が伸びた。自分の唇に触れていた指で、史の唇を軽く撫でる。

「ちゃんと……覚えてるよ。君が……どんなふうに愛してくれたか……ね」

よみがえる官能の記憶。滑らかに滑り落ちた快楽の淵。

「小暮さん、わかって……っ」

史は頭の中がめちゃくちゃになるのを感じていた。どこまでが正常で、どこからが異常なのか。その線引きは確かにむずかしいのだが。

「えっと……」

「最初は」

小暮は再び煙草をくわえ、鮮やかな仕草でそれに火をつけた。すでに薄闇となっている春の宵。名残の光が、端正な横顔を包む。

「壊れてるときに会ったみたいだね。僕は、何か対人ストレスがあったときに酒を飲むと、ものすごい量を飲むらしいんだね。そうなると……本人はほとんどわかってないんだけど、ろくなことをしていないみたいだ」

「……病的酩酊……」

ぽつりとつぶやく史に、小暮はにこりと微笑んだ。

「そう、そういうふうに言うらしいね。僕の場合は、深層部にある本音が出ちゃうらしいんだけど、人によっては暴力傾向が強く出たり、不安傾向が強くなって、自殺にいっちゃう場合もある」

小暮はさらさらと悪びれなく言った。

「でも壊れてたのは、あの一回だけだからね。大目に見てよね」

「え……?」

史はぱちぱちと目を瞬いた。

「一回だけって……」

「そう」

とろりと紫煙を吐き、小暮はうなずく。

「僕もこの悪癖とのつきあいは長いからね。翌朝の自分の感じで、ぶっ飛んじゃったときはわかる。まぁ……その最中のことは全然覚えてないんだけどね。すぐに『ノワール』に電話して、明田さんに自分が絡んだって聞いたときは……泣きたくなったよ」

「小暮さん……」

「でも」

ふわふわと紫煙が舞う。黄昏の中を。

「あなたの……反応を見て、僕は、事態が違う方向に転がっていることに気づいた。あなたは……僕、に嫌悪ではない興味を持った。だからね」

きゅっとつり上がる薄い唇の端。わずかにのぞく、食いつきたくなる小さな八重歯。

「……僕はそれを利用することにした」

「小暮さん……っ」

彼はとんでもないことを言っていないか。史は乾ききった喉をこくりと鳴らしてしまう。

「じ、じゃあ……っ、き、昨日は……っ」

思わずつっかえる史に、小暮はゆっくりと淡い瞳を瞬き、きれいすぎる顔でふうっと微笑んだ。

「昨日だけじゃないよぅ。僕が僕でなかったのは、最初の一度だけ。あとはちゃあんとわかっていた」

「わかってって……っ」

「あのね」

ぽんと灰皿で煙草を弾き、長くなりかけた灰を叩き落として、小暮はさらりと言う。

「……相手が誰かわからない状態でキスしたり、セックスしたりするなんて……そんなもったいないこと、するわけないいじゃない」

灰と共に投げ出されたのは、まさに言葉の爆弾だった。

「殴られたとこ助けてもらっただけで、けっこうきちゃってたのに、その上、壊れた僕にもびびらない……クイズにもちゃんと答えられる……容姿も仕事も何もかも完璧……適度に紳士で、適度に獣……」

くすくすと甘い笑い声。

「どんな卑怯な手を使っても……手に入れたくならない方が不思議だよねぇ……」

くらりと……奇妙な酩酊感に、史は襲われていた。

結局……手に入れたのか、それとも手に入れられたのか……わけのわからない万華鏡の中に放り込まれた気分で、彼は無意識のうちに腕を伸ばしていた。

「環……っ」

堕ちてくるしなやかな身体。冷徹な知性と甘やかな恋情……ふたつながら、史はその腕の中に抱きしめる。

「……酔っぱらいは……俺の方か……？」

唇を合わせる瞬間にうめいた史に、小暮は艶やかすぎる笑みで答える。

「……ブラディ・メアリなら……いくらでも作ってあげるよ……」

赤くしたたり落ちる……それはふらつく理性の特効薬。

ほろほろと散りゆく桜の影を映して、甘い唇が囁いた。

さぁ……あなたのために……ブラディ・メアリをもう一杯。

【参考文献】

『ミステリーファンのための警察学入門』アスペクト
『法医学教室の午後』西丸與一／朝日文庫
『続・法医学教室の午後』西丸與一／朝日文庫
『東京検死官 ―三千の変死体と語った男―』山崎光夫／新潮社
『法医解剖』勾坂馨／文春新書
『あなたの死亡診断書 ―法医学者の検死ファイル―』柳田純一／東京書籍
『完全犯罪と闘う ―ある検死官の記録―』芹沢博行／中公文庫
『法医学ノート』古畑種基／中公文庫
『法医学のミステリー』渡辺孚／中公文庫
『法医学の現場から』須藤武雄／中公文庫
『監察医の事件簿から ―腹上死・自殺・心中・殺人―』越永重四郎／読売新聞社
『死体は生きている』上野正彦／角川書店
『死体検死医』上野正彦／角川書店
『カクテル入門』福西英三／保育社
『バーラジオのカクテルブック』尾崎浩司・榎木富士夫／角川文庫

■あとがき■

こんにちは、春原いずみです。

『闇桜』……心交社さんで四冊目、私個人としては二十二冊目の本をお届けいたします。

私は、ミステリが大好きです。最近はあんまり読まなくなってしまいましたが、一時は「おまえ、それしか読んでいないだろう（笑）」というくらい、ミステリばかりを読んでいました。私が好きなのは、国産のいわゆる本格もの。「やられた～っ」と言いながら、本を閉じるのが何よりの快感。

今回の『闇桜』は……そんなミステリへのちょっとした憧れを持って、書いたものです。そうっ、憧れ～っ！（笑）。全然ミステリになってないあたりが哀しいんですが、そこは『憧れ』ってことで、目をつぶっていただいて、ちょっとしたミステリテイストを味わっていただければ、嬉しゅうございます。

書き下ろしの『ブラディ・メアリをもう一杯』は、『闇桜』にちょろっと顔を出していたキャラたちのお話。『闇桜』をノベルズ化するにあたり、「さてどうしましょう」（笑）ということで、書きました。

読んでいただけばわかると思いますが、『闇桜』は、続きを書けるタイプの終わり方をしていません。書き下ろしはかなり枚数もあることですし、思い切って別キャラの話をと思い、書かせていただいたものです。くふふと含み笑いしつつ、楽しんでいただけると、作者としても、大変に嬉しいです。

雑誌掲載、書き下ろしと、イラストは森口ユリヤ先生にお願いいたしました。某所でお見かけして「ぜひ、お願いしたいっ」と思っていたので、お忙しい中、お引き受けいただいて、本当に嬉しかったです。大人で色っぽいキャラたちをありがとうございました。

担当の池谷さん、「打ち合わせ三分、某特撮話三十分」の私たち（笑）、コンビネーションは今回もばっちりねっ！　これからもよろしくお願いします。

そして、いつも応援してくださるみなさま、ちょっと毛色の変わった春原テイスト、楽しんでいただけたでしょうか。感想、お待ちしております。

それでは、お別れはいつもの言葉で。SEE　YOU　NEXT　TIME！

まだ寒い立春の朝に

春原いずみ

■この本を読んでのご意見、ご感想をお寄せ下さい。作者やイラストレーターへのお手紙もお待ちしております。

《あて先》
〒171-0021 東京都豊島区西池袋3-25-11 第八志野ビル5F
(株)心交社 ショコラノベルス編集部

CHOCOLAT
ショコラノベルス
NOVELS

闇桜

2001年3月20日 第1刷
著者……春原いずみ
©Izumi Sunohara 2001
発行人…林 宗宏
発行所…株式会社 心交社
〒171-0021 東京都豊島区西池袋3-25-11
第八志野ビル5F
(編集)03(3980)6337 (営業)03(3959)6169
印刷所…図書印刷 株式会社

落丁・乱丁はお取り替えいたします。